深夜咖啡店

マカン・マラン

二十三時の夜食カフェ

古内一繪

緋華璃 譯

目錄

第一話

春天的砂鍋菜

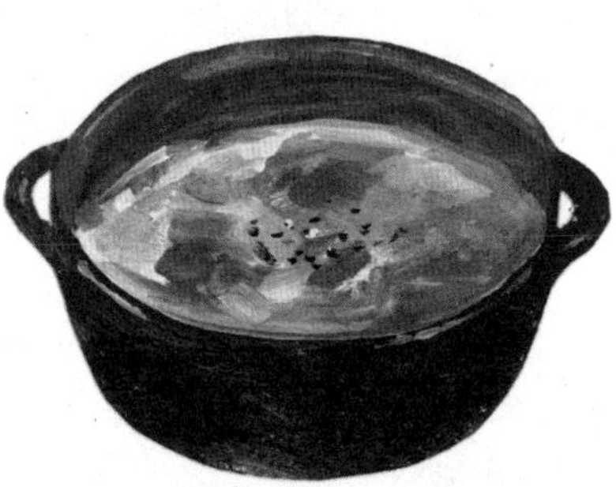

被塞滿最後一班電車的人潮擠出來，踏上月台時，雨下得更大了。才想說櫻花好不容易盛開，還沒來得及細看，就下起滂沱大雨。季節彷彿退回到冬天，每天晚上都冷到想穿上羽絨外套。

糟透了——

城之崎塔子又在口中重複這句今天不曉得已經反芻到第幾次的喃喃自語。

走出改札口，雨滴被風吹來，打在臉頰上。光要撐著傘，不被風吹到開花，就差點耗盡他所有的力氣。

真是糟透了。

天氣和公司裡的氣氛都糟到不能再糟。儘管如此，眼前的工作依舊堆積如山，已經連續四天忙到只能趕最後一班電車回家了。

背脊猝不及防地竄過一陣惡寒，塔子停下腳步，眼前一黑，全身的血液宛如退潮般席捲而去。

不妙，貧血了。

塔子拚命撐住眼皮，以防失去意識。

不管怎樣都得先往前走才行。

愈這麼想，身體的軸心愈發搖晃，塔子曲膝跪在積水的柏油路上。頭好暈，眼睛幾乎睜不開。

路上的行人大概都以為他喝醉了，加快腳步從他身旁繞道而行。

「你怎麼了？」

有些沙啞的嗓音從頭上傳來，劈頭蓋臉的雨突然停了。

自己的傘早就被吹到地上，顯然是有人為他撐傘。

塔子試圖揚起視線，只見高跟鞋和長裙的裙襬映入眼簾。從鞋子的大小判斷，對方是位相當高大的女性。

塔子努力想抬起頭，但意識完全不聽使喚地一路往下墜落。

「是貧血，去我那兒休息一下吧。」

冷不防被一隻粗壯的手臂拎著站起來，塔子無力地掙扎反抗。

「不要緊的，別擔心。」

被攙扶在女人充滿安全感的臂彎裡，緊繃的理智頓時斷線，塔子一口氣放掉勉強撐住全身的意志力。

——喂，怎麼樣？

為了驅散迴盪在腦海中的聲音，塔子微微扭動身體。

平常明明沒講過幾句話，真希望對方不要只有這種時候才來纏著自己說話，他現在只想睡覺。

——喂，怎麼樣嘛？你也在名單上喔。

塔子決定當作沒聽見，一起進公司但從未待過同一個部門的同事鍥而不捨地對他說。

——這麼說來，城之崎，你以前和人事部的村田女皇待過同一個部門對吧？村田？是指村田美知惠嗎？

——喂，你可以幫我向村田女皇美言幾句嗎？

正想回答「別開玩笑」的瞬間，感覺好像從什麼地方墜落，塔子清醒過來。

塔子按住太陽穴，發現自己正躺在觸感非常柔軟的單人座沙發上，身上蓋著薄毛毯。

這裡是……

撐著沙發的靠背坐起來，蠟燭搖曳的火光映入眼簾。

室內播放著杳里島的宮廷音樂德貢甘美朗，黃銅小青蛙擺飾的頭上捧著一個盛裝線香的盤子。

「哎呀，你醒啦。」

耳邊傳來昏迷前一刻聽到的沙啞嗓音。

對了——

自己一出改札口就貧血了，有個好心的女人救了他。

視線轉向聲音的來處，塔子有一瞬間的茫然失措。

猛一看，還以為陰暗的吧台後面有張化妝舞會的面具。塗得雪白的皮膚、宛如用蠟筆描出來的眼線、彷彿每眨一下都會發出聲音的假睫毛、光豔照人的紅唇讓人聯想到達利的紅唇沙發。

然後是有如畫框般的桃紅色鮑伯頭假髮把以上這些零件硬生生地框起來。

塔子看得瞠目結舌，頂著面具的龐然大物慢條斯理地從吧台後面現身。

「大概是俗稱的春雷吧，直到剛才都還雷聲大作。」

對方提著長裙的裙襬，聲響大作地踩著木頭地板走過來。個頭好高，粉紅色的頭頂幾乎頂到橫梁。

隨著來人走到身旁，塔子終於反應過來。

這個人，不是女人——

而是男扮女裝的男人。

「感覺如何？」

脖子圍著絲巾，身上穿著綴滿荷葉邊的酒紅色長禮服，簡直是從童話世界裡走出來的人物。

「這是不含咖啡因的薑茶，可以暖暖身子喔。」

男扮女裝的壯漢將覆著杯蓋的馬克杯遞給一句話也說不出來的塔子。

視線交會，厚厚一層化妝品下有張藏也藏不住，稜角分明的中年男子的臉。

抹上白粉的下巴浮現鬍碴的痕跡，不難看出化妝舞會的面具底下其實是個活生生的人。

「你該不會是第一次看到變裝皇后吧？」

被塔子目不轉睛地盯著看，女裝男子忍不住莞爾一笑。

變裝皇后──

塔子對於這種人的存在當然不是一無所知。

然而對塔子而言，那是只會出現在電視或電影或秀場等媒體的人種。至少他做夢也沒想過，戴著粉紅色鮑伯頭假髮，化著大濃妝的壯漢會出現在自己的日常生活中。

「怎麼啦？我可沒有下毒。」

塔子回過神來，掀開馬克杯的蓋子，甘甜的蒸氣裊裊上升。

戰戰兢兢地將馬克杯湊到嘴邊。

薑茶一入口中，彷彿就要這麼順順地滲進四肢百骸。不僅口感極佳，還散發出一股生薑淡淡的辛辣風味與肉桂的自然甘甜。

舌頭和喉嚨都充分品嘗過後才嚥下去，塔子深深嘆息。

「看樣子似乎很合你的胃口呢。」

變裝皇后觀察塔子的反應，臉上浮現出滿意的笑容。

「我去忙，你好好休息。」

變裝皇后丟下這句話，提起長裙的裙襬，走進吧台深處。

塔子將馬克杯捧在掌心裡，發了一會兒呆。

藤椅、古董風竹桌、鳥籠般的燈罩……

重新仔細地環視一圈，屋子內的裝潢讓人聯想到亞洲的隱密度假村。

德貢甘美朗的音樂流淌在充滿神秘感的空間，有如典雅的搖籃曲，讓人感覺白天發生過的事全都是騙人的。

——喂，怎麼樣嘛？你也在名單上喔。

然而，白天與同事討論過的現實話題不經意甦醒，塔子頓時感到滿心錯愕。

塔子服務了二十年的大型廣告公司今天宣布了希望有人提前退休的公告。

之前早就傳過「遲早會有這一天」的事情一旦實際發出公告，公司人心惶惶的程度還是超乎想像。

對象是四十歲以上、進公司十年以上的中階員工，塔子也是其中之一。

男同事抱怨說：「這顯然是為了趕走正職員工的手段。」

塔子上班的公司原本人員流動就很劇烈。

在薪資條件比較好的時期進公司的正職員工，與在條件惡化的情況下，卻還是受到可能會有升遷機會的誘惑進公司的員工之間，待遇天差地別也是從以前就在檯面下流傳的「問題」。

「用膝蓋想也知道，擺明是經營者打算把待遇的落差導向對自己有利的方向嘛。什麼優退，說穿了不就是裁員嗎。就算退休金多給一點，也彌補不了接下來還要養家餬口的缺口。」

回想同事說過的話，塔子的心情也變得好沉重。

而且還拜託他向村田美知惠說情……

男員工看女員工的角度真的非常表面。

說不定這傢伙真心以為美知惠還是塔子的「好前輩」。

塔子甩甩頭，努力清空雜念，什麼也不想。

自己還有工作要做，想再多也無濟於事。

變裝皇后再次從吧台裡現身時，塔子也從沙發上站起來，深深地低下頭去。

「不好意思，給你添麻煩了，真的非常感謝你。」

「別客氣，有困難的時候就應該互相幫助，你要在這裡過夜也沒關係喔。」

「不用了，我家就在附近。」

塔子發自內心地向充滿善意的變裝皇后道謝，轉身離去。

拿起變裝皇后幫他撿回來的傘，走出門外。直到剛才還下得那麼大的雨已經停了，雲層迅速地通過明亮的下弦月表面。

回頭張望，那是一棟古民家[1]般的獨棟房子，還有個小巧的中庭。

大花山茱萸開始在中庭的正中央有一搭沒一搭地綻放出白色花朵，底下長滿了茂密的羊齒蕨和姑婆芋，宛如南國的花園。草叢裡看似漫不經心地立著小小的鐵製招牌。

招牌上寫著「Makan Malam」的文字。

塔子去過峇里島好幾次，知道那是印尼文。

Makan是食物、Malam是夜晚的意思，換句話說，組合起來是消夜的意思。

塔子盯著被雨淋濕而閃閃發光的鐵製招牌看了好一會兒。現在還有在營業嗎？還是以前開店時留下來的招牌呢？

無論如何，開在這種商店街的巷子裡，難怪過去從未發現。總覺得好像一腳踩進不可思議的世界，如今正從夢境裡醒來，再度回到現實。

再回頭看了大花山茱萸一眼，塔子避開腳底下的水窪，走向大馬路。

第二天，辦公室的氣氛依舊糟透了。

被勸退的對象們全都聚集在員工用的咖啡座裡交頭接耳地竊竊私語。

只要跟著誰誰誰，就能保住還不錯的職位，必須抱緊某某某的大腿……

1. 日本古老的住宅。以耐震、美觀、設計性為三大要點。

在千奇百怪的謠言及臆測蜚短流長的情況下，也有人露骨地貶低同事、拚命拍人事部的馬屁。

塔子沒心情踏進儼然已經變成謠言大本營的咖啡座，在茶水間為自己泡了杯咖啡，站在窗邊，俯瞰著眼下一望無際的濱離宮恩賜庭園。盛開的櫻花在寒風中看起來好冷的樣子。

塔子工作的廣告公司，總公司在汐留已經成立了十年。塔子早在十年前就是企劃小組的主任。

在那之後，直屬上司換過好幾任，部下也幾乎全部汰換成約聘或派遣員工，唯有塔子始終是第一線的總司令。

說得好聽點是從基層爬上來了，說得直接一點，其實就是十年如一日的萬年主任。

老實說，就連塔子也沒想到平常覺得出不了頭的瓶頸，居然會以「提早退休」的方式給他致命一擊。

「城之崎……」

塔子回到座位，指原組長不可一世地坐在俗稱「組長椅」的皮椅上仰頭叫他。

「本期預算真的沒問題吧。」

指原將第一季的預算表抵到站在辦公桌前的塔子鼻尖。

「你瞧，比上一期還多。」

這傢伙明明從大銀行跳槽過來，對數字卻一點概念也沒有。私底下也有人在傳，指原就是因為在銀行派不上用場，才會由這家伯父擔任董事的公司好心接收。

這個走後門進來的上司長了一張與狸貓無異的臉，身高比塔子還矮十公分，體重則多了十公斤，看上去比塔子年長五歲，其實比塔子小兩歲。

「沒問題。」

如果有需要，塔子也可以列出預算的內容，但指原打斷他：「只要確定可以達成目標就好。」

「還有，你目前正在進行的雜誌企劃可以如期完成嗎？」

「我正朝這個方向邁進。」

塔子面無表情地回答。

「拜託你了。畢竟誰也不知道接下來會發生什麼事，要是你不把現行的企劃好好搞定可就麻煩了。」

指原壓低聲音，往辦公室裡四下張望。

「至於進行中的企劃，考慮到接下來的變化，也請你先作好規劃喔。這部分我倒是挺信賴你的，畢竟你也是專業的嘛。」

話還沒說完，指原就站起來，在白板上寫下最近開始與對方建立私人交情的公司名稱，大概是打算拜訪完直接回家。

自從指原兩年前分配到這個部門，就霸占了相形之下營業額比較容易衝上去的廣電與網路媒體，把業績最低迷的紙媒推給塔子。

雜誌本身的銷售量節節敗退，不容易爭取到廣告的困境由來已久，競爭對手早就紛紛採取削價競爭，逼得塔子不得不面對激烈的價格戰。

儘管如此，倒也不是完全無計可施。塔子至今依舊認為只要企劃夠好，還是刊登在紙上的廣告比較能留在記憶裡。

塔子目前正為化妝品廠商規劃女性雜誌的共同廣告，配合各雜誌的讀者年齡層選擇適合的女明星或模特兒，撰寫偽裝成報導的業配文，每天都要小心翼翼地進行確認作業，但是從贊助商及媒體的反應充分感受到這個企劃應該很有搞頭。

目送完成回家準備的指原走出辦公室，塔子回到自己的座位，面向電腦，打開未讀的電子郵件，在腦海中反芻指原不屑的台詞。

畢竟你也是專業的嘛——

這是上司對部下說的話嗎。塔子敲打鍵盤的手指愈來愈用力。

同時也了解到，指原敢這麼肆無忌憚地說出這種沒神經的話，表示自己對他已經不具威脅性了。

指原跳槽過來才兩年，不會成為這次勸退的對象。就算成為勸退的對象，他還有當董事的伯父當靠山，對於公司單方面發布的公告想必不會像一般社員那麼不安。

塔子早就知道指原私底下調侃自己是「冰塊女」，也知道因為自己年過四十還沒結婚，被年輕的女性員工引以為鑑「要是變成那樣就完蛋了」。

依照優先順序排好電子郵件，塔子鬆了一口氣，關上視窗。

為了尋找儲存在手機裡的客戶電話，翻了翻皮包，頓時臉色鐵青。

手機平常都放在外側的口袋，如今摸不到半點金屬的觸感。塔子連忙往口袋裡一看。

這麼說來——

昨晚在變裝皇后那裡休息的時候，印象中皮包濕了，也有拿出手機的記憶。

原本打算收進皮包裡，大概是直接放在桌上了。雖然記憶一到關鍵的地方就變得模糊，但又想不到其他可能性。

塔子立刻上網搜尋那裡的站名和餐廳。

搜尋到一大堆餐廳，但是都沒有疑似那家店的地址或外觀。也用「Makan Malam」試過了，結果還是一樣。

這個時代居然還有用網路搜尋不到資訊的店。

或許那裡並不是餐廳，而是個人的住宅。

今晚有個無論如何都無法抽身的會議，之後還有飯局，只好明天一大早再去那棟古民家拜訪了。

萬一沒忘在變裝皇后的店裡也沒關係，該鎖的密碼都重重上鎖了，應該不用擔心個資被竊。

塔子深呼吸，讓自己冷靜下來，切換畫面，努力將注意力集中在閱讀新收到的電子郵件上。

隔天上午塔子請了半休，前往車站前的商店街。

途中經過的小公園隔壁是幼稚園，每到開園時間，總是聚集了一堆剛送孩子去幼稚園的母親。塔子瞥了與自己同齡，扶著腳踏車站著聊天的女性一眼，走向商店街外圍。

如果不是在地人，就連要踏進這種根本不會與別人擦身而過的羊腸小徑大概也會感到猶豫再三。巷弄裡林立著空調的室外機和塑膠桶，繼續往裡面走，感覺連野貓都不會經過。

當大花山茱萸映入眼簾時，塔子停下腳步。

與前天晚上讓人聯想到南國花園的靜謐景象簡直是兩個世界。

綴滿亮片的小禮服、大紅色的緞面長裙、高度大概超過二十公分，宛如高蹺的高跟鞋……

中庭到玄關琳琅滿目地擺滿讓人懷疑自己有沒有看錯的華麗衣服及鞋子。

雖然是商店，但這裡並不是餐廳。

『舞蹈用品專賣店　夏露』

招牌上寫著手寫的文字，這次好好地掛在大花山茱萸的樹枝上。

塔子茫然地看著招牌，察覺到人的氣息，玄關門開了，震耳欲聾的浩室音樂如潮水般湧出來。

「太棒了，這次的演出也因此大受好評！」「你穿上這件簡直跟松任谷由實[2]沒兩樣呢。」「哎呦！真的嗎？」

伴隨著快節奏的旋律，店裡湧出一群有說有笑的女裝男子，個個戴著大紅、大金等五顏六色的假髮。

刺鼻的香水味隨他們說話時誇張的肢體語言傳來。即使打扮大同小異，聲調及說話的語氣都跟前晚遇見的變裝皇后有天壤之別。

「哎呀，歡迎光臨。」

留意到僵住不動的塔子，戴著大紅色長假髮，看起來最年輕的女裝男子招呼他。

「請、請問……」

才說到一半，塔子就說不下去了。畫著極粗的眼線、貼著宛如鳥羽般假睫毛的好

2. 日本歌手。

幾雙眼睛全都同時望向塔子。

塔子往店內四下張望，到處都看不到前天那位舉止優雅的變裝皇后。

「那個，這個……」

見塔子始終支吾其詞、手足無措，年輕的女裝男子突然臉色大變。

「你該不會是新來的房仲吧？」

語聲未落，變裝皇后軍團同時發出「什麼！」的尖叫聲。

「肯定沒錯！瞧他一身俐落的褲裝。」「真不敢相信，大姊不是說過好幾次，這裡不賣嗎？」「你們真的很死纏爛打耶！」

軍團一口一聲地說，還從自己的皮包拿出面紙或揉成一團的收據，紛紛扔向塔子。

「不是……你們誤會了。」

反駁也來不及了，變裝皇后們一個字也聽不進去，你一言、我一語地起鬨：「退散退散，惡靈退散！」毫不留情地將塔子趕出巷子。

想遞出名片，想說點什麼，但完全沒辦法討論。

塔子束手無策，只好把名片放入裝有伴手禮的紙袋，塞進站在最前面，對他進行恫嚇的年輕女裝男子懷裡，夾著尾巴落荒而逃。

塔子進公司，坐在電腦前沉思。

沒想到晚上看起來像餐廳的地方其實是服飾店，而且是**人妖**專用的服飾店。

一想到今天還得再過一天沒有手機在身邊的日子，就覺得心情好沉重。自己剛出社會的時候，別說手機，就連電腦和電子郵件都沒有，便利的通訊科技其實隱含著無法後退的依存性。

總之先完成停用的手續吧，正要點入電信公司的網站時，桌上的電話響了。

「喂，我是城之崎。」

「你是那位貧血的小姐吧？」

話筒那頭傳來聽過的低沉嗓音，塔子悚然一驚。

「我把手機……」

「別擔心，我幫你收好了。」

塔子慌張地開口，對方莞爾一笑。

「店裡的人告訴我了，我猜一定是你。你特地跑來，我卻不在，真不好意思。謝謝你的伴手禮。」

「哪裡，前天真的承蒙關照了。」

「我也可以把你的手機寄到名片上的地址，但是如果方便的話，今晚要不要再來店裡一趟？」

「不了，我今晚要加班。」

塔子不假思索地婉拒。上午請了半休，工作有所延誤是事實，但也不能否認腦海中閃過了震耳欲聾的浩室音樂和七嘴八舌的女裝軍團令他卻步。

「別擔心。」

對方立刻打斷他的話。

「今晚也會開店，所以就算你深夜才來也無所謂。就這麼說定了，幾點都沒關係，等你下班再來拿吧。我等你。」

對方自顧自地說完，不由分說地掛掉電話。

結果當天臨時發生一堆事，塔子如同自己在電話裡說的，將近深夜才在住家附近的那一站下車。看了看時鐘，已經快十一點了。

走在拉下鐵門的商店街，塔子回想告訴自己「幾點都沒關係」的低沉嗓音。

轉進商店街的巷子裡，看到種著大花山茱萸的中庭時，塔子倒抽了一口氣。

「Makan Malam」的招牌就立在大花山茱萸的樹根，點亮的煤油提燈為後面的玄關篩落了柔和的陰影。

塔子略帶遲疑地按下門鈴，立刻傳來「來了」的回應，同時傳來嘰嘎嘰嘎地踩在走廊上的腳步聲。

「歡迎光臨。」

前天的變裝皇后頂著粉紅色的鮑伯頭假髮，推開厚重的木門，穿著一襲優雅的中世紀晚宴服現身。

「那個，深夜打擾，真不好意思。」

「別放在心上，進來吧。」

「不，已經太晚了，我拿了手機就告辭。」

塔子的視線不由自主地窺探室內深處。

現在倒是沒聽見浩室音樂震天價響的節奏，也沒看見香水刺鼻的人妖軍團。

「我說你呀……」

變裝皇后朝心不在焉的塔子探出身子。

「出現前晚那種貧血症狀該不會已經不只一兩次了？」

被有些嚴厲的語氣如此問道，塔子一時語塞，慢了半拍才微微點頭。

「我就知道。」變裝皇后抱著胳膊說。「照我看來，你應該是隱性貧血。大概是一整天只喝咖啡，工作到三更半夜才吃飯對吧？」

他說得沒錯，當工作排山倒海而來，塔子總是把吃飯擺在最後的順位。

「不僅如此，晚上還不容易入睡，睡眠也很淺，每隔兩小時就會醒來一次，所以早上總是爬不起來，我有說錯嗎？」

「你怎麼知道……」

全部被他說中了，塔子聽得目瞪口呆。

「因為上次你的手腳冷得跟冰棒沒兩樣，表示你的身體已經寒到骨子裡了。」

冰塊女——

塔子彷彿聽見有人調侃自己的聲音。

「所以呢……今晚吃飯了嗎？」

變裝皇后語重心長地詢問兀自發呆的塔子。

塔子這才發現店裡傳來陣陣不知該怎麼形容的溫暖香味，突然覺得肚子好餓，偷偷地嚥了口口水。

室內靜靜地播放著古典樂，取代了前天的德貢甘美朗。

長笛與豎琴交織成略顯感傷的背景音樂，塔子坐在觸感柔軟的單人座沙發上，啜飲散發肉桂香氣的薑茶。

「這裡果然是咖啡店沒錯。」

塔子朝吧台內側說道，正在廚房做事的變裝皇后頭也不回地回答：

「與其說是咖啡店，其實白天的服飾店才是我們這裡的正業。」

由於燈光昏暗，上次並未留意到，轉頭一看，屋子的角落的確掛著白天擺在店頭的花稍禮服和配件。

「這裡的東西全都是僅此一件，別無分號的作品喔，而且幾乎都已經被人訂走了。像是放在你坐的沙發後面，鑲著施華洛世奇水晶的晚禮服，就是要送去給車站前超級市場負責收銀的大嬸們參加的社交舞同好會。」

塔子看著背後的晚禮服，心想原來熱愛表演的不只人妖。

如果是車站前的超級市場，塔子也經常去那裡買東西，但他做夢也無法想像綁上相同的頭巾，敲打著收銀機的大嬸們穿上這種彷彿只有瑪麗皇后才會穿的晚禮服，大跳社交舞的模樣。

「感謝大家的支持與愛護，訂單源源不絕，光靠我一個人實在應付不來，所以就請擅長裁縫的妹子們來幫忙。大家白天都要上班，只好請他們晚上來加班，自然得做點伙食給他們吃。」

Makan Malam——所以才取名為「消夜」啊。

「原本只打算做給工作人員吃，可是用來招待買衣服的客人或朋友的時候，不知不覺居然培養出一批常客。忘了從什麼時候開始變成深夜提供餐點的咖啡店。為此還得去上食品衛生的課和取得衛生所的許可，真是有夠麻煩。」

變裝皇后站在廚房裡絮絮叨叨地抱怨，語氣聽起來其實很開心。

塔子隔著蕾絲窗簾望向大花山茱萸，一股奇妙而懷念的感覺油然而生。

上次在等待上菜的空檔與在廚房裡忙的人聊天已經是幾年前的事了？或許對自己

來說已經是太久遠以前的事了，難掩失落感，所以隨之而來的懷念情緒也難免夾雜著一絲寂寥。

「讓你久等了。」

變裝皇后踩著染色羊毛拖鞋，送上餐點。

在桌上鋪一塊隔熱墊，放下單人用的陶鍋。

「這是以春天的蔬菜製作的砂鍋菜，還很燙，小心別碰到鍋子。」

這道菜看起來像是用烤箱烘烤的焗烤，又像是濃湯。

烤得金黃酥脆的起司在沸騰得咕嘟咕嘟作響的表面織成一張金黃色的網。

「這是北美的家常菜，雖然叫砂鍋菜，其實是用暖爐製作的料理。今晚很冷，吃這個剛剛好。」

用湯匙戳破焦香的起司，煮到軟爛的高麗菜、洋蔥、馬鈴薯從底下探出頭來。

舀起一匙，送入口中。

唾液腺頓時受到刺激，耳朵底下突然痛了一下。

春季蔬菜柔和的甘甜風味在口中擴散開來，塔子不由得陶醉其中。上面撒的大概是莫札瑞拉起司，沒那麼鹹，味道很清爽，口感上卻又充滿彈牙的香醇濃郁。

塔子不能喝酒，一旦超過正餐時間，就常常跳過不吃晚飯。

深夜還有開的不外乎居酒屋或拉麵店，這種店幾乎沒有能讓腸胃不佳的塔子食指大動的菜單。

曾經去二十四小時營業的家庭式餐廳吃過一次義大利麵，也許是用的油不對，吃完馬上覺得不舒服，回頭就吐出來了。既然如此還不如不要吃，因此他通常只喝點濃縮還原的蔬果汁就上床睡覺。

若是味道這麼溫和的餐點，無論再累的身體都能欣然接受，塔子覺得新鮮又驚奇。

「每天晚上都不吃飯忙到這麼晚，你的腸胃應該也很差吧。」

變裝皇后在塔子身邊的桌上撐著下巴，憂心忡忡地盯著狼吞虎嚥的塔子。

「可是啊，這個季節的高麗菜含有許多健胃整腸的成分喔。濃湯則是以葛粉勾芡，葛粉具有讓疲勞的胃部血管返老還童的效果。」

他對料理的知識顯然不比做菜的技巧遜色。

「這個和高麗菜一起煮的顆粒是什麼？」

「那是蕎麥籽和小米。徹底煮熟的蕎麥籽可以讓寒涼的身體恢復成中性喔。」

「用了什麼調味料？」

「基本上只有高湯和鹽、胡椒。我們家的食物是以深夜也可以吃的消夜為主，為了不對第二天早上造成負擔，盡量避免使用動物性的食材。也會用魚熬湯，但這次的高湯是用昆布和香草熬的，再加入大蒜和芹菜等會發出香味的蔬菜，這樣就很有味道了。」

「只用蔬菜就能煮出這麼多層次的風味啊。」

「這都是麩醯胺酸[3]的功勞呢。千萬不能小看蔬菜的美味喔。」

「換個問題，現在播放的音樂是？」

「怎麼，不只料理的問題呢。」

笑意浮現在隱隱冒出青色鬍碴的臉頰，變裝皇后告訴他，這是德布西的〈第一號阿拉貝斯克華麗曲〉。

「與〈月光〉及〈棕髮少女〉齊名，算是德布西的作品中比較主流的曲子。原本是鋼琴曲，我很喜歡這段長笛與豎琴的合奏。阿拉貝斯克指的是當時在巴黎大行其道的蔓草圖案……」

與第一次見面的人聊非關工作的事聊得這麼起勁，對塔子是很稀奇的體驗。

雖然已經被長年的上班族生涯訓練得很好了，塔子其實並不擅長人際關係。學生時代每次換班級的時候，都要煞費苦心才能找到一起共進午餐的同學。

輕柔的德布西與美味的餐點、穿著晚禮服的變裝皇后博學多聞的講解……

塔子好想永遠沉浸在這個非日常的空間裡，卻被唐突地打破了。

「哇哩咧！好冷噢！」

大門被粗魯地推開，沙啞的嗓音響徹室內。

「明明都四月了，怎麼還這麼冷。真是莫名其妙。哇！好香啊。大姊，今天的消夜是什麼？」

來人喳喳呼呼，大步流星地從走廊上走過來。

戴著大紅色長假髮的年輕人妖出現在門口的瞬間，看到坐在沙發上的塔子，

「啊！」地一聲指著塔子說：

「你是昨天那個房屋仲介！居然混進店裡來了！真是厚臉皮耶你。」

只見他粗魯地摘下假髮，眼前突然出現一個長相猙獰、理平頭的男人。

「什麼，你這傢伙居然還吃起消夜來了！」

「別說了，嘉姐！這個人不是房仲業者啦。」

變裝皇后不由分說地大喝一聲，名為「嘉姐」的平頭男子立刻乖得像隻綿羊。

「不好意思啊。」

變裝皇后回頭對不知如何是好的塔子說。

「嘉姐是我的妹妹，原本是不良少年，所以有時候會不小心露出本性……」

也就是說，這個平頭男子就是縫製瑪麗皇后晚禮服的「女紅」嘍。

「看什麼看！」

被塔子目不轉睛地盯著看，平頭男又開始失控。

3. 高麗菜含有大量麩醯胺酸，可以釋放出類似味精的甘甜風味。

「你認為我是人妖吧。真是的，開什麼玩笑！」

男人口沫橫飛地正打算欺身上前，「都叫你別這樣了。」變裝皇后幫忙緩頰。

「你給我差不多一點。這個人是我認定的客人。別再鬧了，你先去洗手再來。我做一份一樣的給你。」

平頭男心不甘、情不願地走開，塔子這才鬆了一口氣。

「不好意思，那孩子只是戒心強了點，人並不壞，習慣以後就好了。」

變裝皇后彎下腰，在塔子耳邊輕聲細語地說道。

「可是啊，那孩子說的也不是完全沒有道理。我們不是人妖，而是品格高尚的變裝皇后。你叫我『夏露』就行了。」

變裝皇后露出妖豔的笑容。

「我每次都會煮很多伙食，以後門口擺出煤油提燈和招牌時也歡迎你來用餐。」

夏露對還反應不過來的塔子拋了一個媚眼，踩著行雲流水的腳步消失在吧台後面的廚房裡。

那天晚上以後，塔子成了「Makan Malam」的常客之一。

每次加完班，在距離最近的車站下車，總會自然而然地去看一眼夏露的店。

夏露的心情很難捉摸，有時候會開店做生意，有時候不會。

白天的服飾店姑且不論，專賣消夜的深夜咖啡店似乎沒有固定哪一天營業，時而大門深鎖，連燈都沒開；時而點亮門口的煤油提燈，從屋裡傳來熱鬧的笑聲。舉凡那樣的日子，周圍總是彌漫著迷人的香味。

看到招牌掛出來而鬆了一口氣，按下門鈴後，夏露總是掛著親切的笑容迎接他：「哎呀，歡迎光臨。」

一個女人深夜在外面吃飯總會引來好奇的眼光，這種眼光通常會帶來壓力。可是Makan Malam的常客基本上都是一個人。

有時會和女紅嘉姐、已經有過數面之緣的高雅白髮老太太打招呼，總是坐在吧台前看報紙的中年男子則連頭都不曾抬一下。

店內靜靜地播放著峇里島的甘美朗或古典樂，眾人各自享用著消夜，任思緒徜徉在夜晚的時光裡。

夏露提供的伙食非常便宜，一個人只要七百圓，所以塔子每次去用餐的時候都會盡可能買點店裡的小東西或提醒自己帶點小禮物過去，其他常客也不例外。

即使加班到三更半夜，只要看到大花山茱萸後面的煤油提燈亮著，塔子就會感覺得到救贖，也很期待聽到夏露分享他豐富的知識：「這個食材對什麼很有效、這個季節要吃什麼。」

吃完消夜，夏露會觀察每個人的臉色，準備不同的飯後茶。

遊刃有餘的笑容在化妝舞會的面具上蕩漾，挑選乾燥的香草或茶葉的姿態，簡直跟詭異的魔女沒兩樣。

「你用腦過度了。」

夏露經常為塔子準備由薏仁和玉米調配而成，香氣四溢的茶，據說此茶有助於軟化腦血管。喝下一口，緊繃的腦袋彷彿有一部分開始慢慢地放鬆開來，塔子呼出一口氣。

這時他連自己的名字出現在公司勸退名單上的事也忘了，甚至還想嘗試新的企劃。夏露的知識非常契合以在意健康的中高齡受眾為對象的媒體的需要。

塔子發現自己邊喝著飯後茶，邊開始用手機搜尋對這個題材可能會感興趣的贊助商時不禁苦笑，明明夏露前一刻才提醒自己「用腦過度」。

不管在公司裡被打壓得多麼厲害，塔子還是喜歡現在的工作。

「要是光靠茶或食物就能治病，還需要醫生嗎。」

然而，有個常客每次都對夏露的知識雞蛋裡挑骨頭。

他是個戴著眼鏡的中年男子，總是擺張臭臉，即使吃消夜的時候，視線也絕對不會離開攤開在吧台上的報紙。

據嘉姐透露，男子是夏露中學時代的同學，後來留在那所學校當老師，目前好像已經當上學年主任了。

塔子眼見男子以彷彿被倒了八百萬的表情一臉無趣地吃著夏露提供的餐點，總覺得非常不可思議。男人的無名指套著銀戒，塔子怎麼也想不通，就算是同學，有必要來變裝皇后的店裡吃消夜嗎。

但包含自己在內，孤身一人在快十一點的深夜來這裡吃飯的人或許都有一段故事。曾幾何時，塔子開始有了這種想法。

隔週從每個月一次的幹部會議開始。

濱離宮恩賜公園的烏鴉始終吱吱喳喳吵個不停，指原站在白板前繼續報告：

「本期預算無論是廣電、網路、紙媒預估全部可以達成百分之百的目標。」

指原給幹部看的業績報告是塔子昨晚做的。指原還特別提醒他要列出各種媒體的負責人名字。

單就業績而言，單價比較高的廣電與網路占的比例當然也比較高，紙媒較低。單從資料來看，整個企劃小組的業績有四分之三皆由指原包辦。

或許他對擔任這家公司的組長一職不太踏實，才需要這麼幼稚的自我宣傳，塔子覺得這一切真是蠢斃了，望向窗外。

「城之崎主任。」

熬過長達一小時的報告，走出會議室時，被同一組的森紀實子叫住。

「主任，你都不想抗議嗎？那傢伙太狡猾了。」
前腳剛踏進員工用的咖啡座，紀實子就迫不及待地連聲抱怨。
「這麼一來不是會讓人覺得主任好像什麼都沒做嗎。」
紀實子突然壓低聲線，湊過臉來說。
「你知道嗎？指原組長才是什麼都沒做的人。廣電的業務很輕鬆，交貨只要傳送素材即可，他居然連這個都交給外包公司做喔。」
塔子當然知道指原把所有的工作都原封不動地推給底下的外包公司。
「我們負責紙媒的人從擬定企劃到交貨都必須親力親為……那個老頭卻在幹部面前表現出一副這個團隊是靠他在撐的嘴臉，這不是很奇怪嗎。」
「說得也是。」塔子對紀實子為自己打不平的模樣報以苦笑。
「可是幹部也知道媒體的單價，我猜他們應該不會被那種報告蒙蔽。」
「不只這樣。」
紀實子甩動著披散在胸前的棕色長髮，眼神益發兇狠。
「那家外包公司每個月都會招待指原組長一次喔。」
「咦……」
塔子不禁錯愕地驚呼出聲。
他還真不知道這件事。

公司盛傳妝容保守、打扮得也很樸素，活像是從紅色標題雜誌[4]走出來的紀實子，其實正在和行銷團隊的和氣組長搞外遇。

或許是因為這樣，紀實子對公司內部的消息極為靈通，很難想像他只是約聘人員。

「連假結束後，主任也要開始接受個人面談吧。」

紀實子再次壓低聲線問道，塔子驚訝地看著比自己還小一輪的年輕後進。

「不趁現在好好地宣傳自己會吃大虧喔。」

眉頭深鎖的表情乍看似乎在擔心塔子，但凝眸深處浮現出藏也藏不住的好奇心。

「你要喝什麼？我請你。」

塔子笑著避開紀實子以好奇為出發點的探詢眼光。

紀實子接過塔子遞給他的奶茶，對沒什麼反應的塔子明顯表現出意猶未盡的表情。

當天晚上，塔子還在辦公室加班時，難得過了下班時間還待在公司裡的指原也回來了。大概是高層對他說了什麼，只見他一臉不高興地睨了塔子一眼。

「喂，別經常讓約聘員工加班喔。」

女性雜誌的企劃一進入緊鑼密鼓的作業，就連約聘員工也常要加班超過晚上八點。

4. 日本以女大學生、年輕粉領族等二十出頭女性為對象的流行時尚雜誌。

「因為要趕在黃金週推出……」

塔子正要解釋。

「別告訴我，去跟上面說。」

指原不聽他解釋。

「上頭交代了，約聘員工的加班費墊高的話會吃到原本的利潤。如果做不到不加班，就要全部裁撤，交給外包。」

塔子嘆口氣，目送說完自己想說的話就拍拍屁股走人的指原。

城之崎主任真的毫無野心呢——

紀實子白天在咖啡座對他說的台詞在耳邊甦醒。

塔子突然覺得好尷尬。

他並非沒有野心。

只是因為自己過去這二十年來在公司裡看得太多了。

更何況，就算與自己的真心話有著部分共鳴，他也不希望變成紀實子與其他單位組長枕邊情話的談資。

說穿了，塔子既不相信上司，也不相信部下。

自己究竟是從什麼時候變成這樣的。

冰塊女——

塔子不禁自嘲，以指原的水準，能找到這麼精準的比喻算是很厲害了。

自己以前並非這麼沒感情的人，會哭會笑，也經常像今天的紀實子那樣義憤填膺。

曾幾何時，自己關上心門，變成真正的冰塊。

塔子剛畢業，進入這家公司的時候，是在實施男女雇用機會均等法的第九年春天，當時社會總算開始接受「女性綜合職」[5]的地位。

泡沫經濟已經開始出現破綻，但女性的職種愈來愈多，各個職場都出現了比男人更認真投入工作的女性。

塔子有時候會想，其實是這些女性支撐著泡沫經濟崩潰後的經濟。那個時期的自己比長期在不景氣中疲於奔命的男性更熱中於享受戀愛、工作、娛樂。

然而，塔子這幾年深有所感，包括公司在內，整個社會都不知道該拿像自己這種滿腦子只有工作的未婚女性如何是好。

尤其是年過四十之後，這種感覺更加強烈。

就連塔子任職的這家世人眼中還算大型的公司，非營利部門也只有一個女人爬到相當於部長待遇的組長地位。

至於塔子所屬的營利部門，聽說還沒有前例。

5. 需要進行全面性判斷的業務。

曾經那麼精明幹練，被稱為泡沫世代的第一期女性綜合職前輩、和自己同時進公司的同事都到哪裡去了。

結果社會只知道肆無忌憚地壓榨他們的青春與熱情，不負責任地吹捧他們，卻沒人能保證爬到頂點要面對什麼。

城之崎小姐，你假日一個人都做些什麼？——

塔子突然想起村田美知惠——這家公司唯一幹到人事單位的組長——忘了在哪個派對上不疾不徐地問過他的問題。

人生不是只有工作吧——

熱愛杯中物的美知惠轉動杯子裡的葡萄酒，笑得從容自若。啊，自己被瞧扁了——塔子彷彿發現新大陸地想。

美知惠比自己大兩歲，新人時代曾經一起在業務單位工作過。

不同於外表和行動都非常引人注目的第一期女性綜合職的前輩，美知惠給人的印象是土氣又不起眼。

塔子當時有個從國外回來、名叫希和的同事。希和具有海歸子女特有的強勢，塔子對他表裡如一的直率態度很有好感。

美知惠接近他們的時候，塔子一開始以為對方是基於好心。

比他年長的前輩不是忙著出差，就是忙著跑業務，連屁股坐熱的時間都沒有，他們身為新進員工，根本不敢主動開口找前輩說話。

如同剛孵化的小雞會把第一眼看到的東西當成父母，剛出社會的塔子和希和也對美知惠仰賴有加。

自從某一次，美知惠分頭找他們出去，巧妙地試圖籠絡他們以後，塔子開始覺得這個乍看之下好像很會看眼色、個性沉穩的前輩有點奇怪。

塔子對人際關係本來就沒什麼概念，所以看不懂美知惠的意思，無法回應他的期待。漸漸地，美知惠與希和自成一個小圈圈，不知不覺演變成二對一的關係。

當美知惠推舉希和為組長的「女性員工專案」一敗塗地時，也破壞了以上的平衡。推舉希和為代表的美知惠由綜合職被調到事務職，堅持要留在綜合職位上的希和最後沒能留下來，被逼著主動辭職。

塔子起初還以為他們兩個人負的責任一樣大，後來才知道不是那麼回事。

因為某位高層心血來潮，開始推動一個「女性員工專案」，但其實也不是什麼了不起的企劃。第一期的前輩光是要應付現場的工作就忙得不可開交，對這個企劃根本興趣缺缺，結果是至今在綜合職中尚未有任何建樹的美知惠，把新人推出來承接這個企劃。

塔子直到現在仍無法確定，美知惠是否打從心底希望那個專案成功。

懷疑美知惠真正需要的，其實只是協助新人的前輩這個「定位」。

回想起來，他從當時就很少在美知惠身上感受到第一期女性綜合職前輩那種對業務工作的熱情。

女性綜合職是個要求女人比男員工更努力的世界，說不定比起繼續從事沒有勝算的較勁，美知惠其實偷偷打著如意算盤，想調到加班和風險都比較少的事務職。

事實上，美知惠在業務單位固然沒什麼顯著的成績，但是調到非營利部門後，反而可以從「有業務經驗的事務職」這個條件比別人好的起點出發也說不定。

美知惠在檢討會上深深地一鞠躬說：「全都怪我指導無方。」看在高層眼中，態度必定十分懇切。

另一方面，當強烈希望留任業務單位的希和去找他商量時，美知惠卻巧言令色地四兩撥千斤，最後乾脆撒手不管，完全與希和劃清界線。

「那個人從頭到尾都不想在營業單位工作。」

希和死都不肯接受離開業務單位的調動，結果被迫提出辭呈，最後一天曾經咬牙切齒地喃喃自語。

「假裝站在我這邊，真正有事要找他商量的時候卻理都不理。明明是他利用我在公司裡受到注目，我從沒見過翻臉像他那麼快的人。」

塔子至今仍鮮明地記得希和當時懊悔不甘的眼神。

隨時間過去，塔子也明白美知惠利用了希和。

儘管如此，這些長袖善舞的前輩們不是被時代淘汰，就是對公司不再戀棧，主動請辭後，美知惠在上司的介紹下相親結婚，生下一子，如今居然成為第一位女性組長。

想到這裡，塔子忍不住嘆息。

希和跟第一期的前輩為什麼不多堅持一下呢。

其他團隊也有幾個跟自己一樣的女性主任，全都在年紀比自己小的男性組長手下工作，男女真正的平等頂多只到在現場忙得分身乏術的主任為止。

反而是強調「人生不是只有工作」，巧妙地利用同事、迴避風險、善於鑽營的村田美知惠爬到了女性員工的頂點。

「城之崎主任。」

背後突然有人叫他，陷入沉思的塔子不由得抖了一下。

回頭一看，小組內最年輕的芳本璃奈正拿著海報筒，站在背後。

「芳本小姐，你還沒回去啊？」

「還沒，我去拿剛完成的設計稿。」

璃奈遞出海報筒，塔子也站起來，「我瞧瞧。」

兩人將設計稿攤開在辦公桌上。以原為偶像，過了三十歲反而變得更漂亮的女明星笑臉為主，來強調贊助商的化妝品效果。

璃奈費盡心思蒐集與女明星同年齡的一般女性的評語，也排版得很容易閱讀。

「真不賴。」

塔子念念有詞，璃奈的眼神也充滿光彩。

他的表情讓塔子產生「就是這個」的想法，自己也有同樣的成就感。

「我馬上送去給對方確認！」

璃奈開始撥電話給女明星的經紀公司。個頭嬌小、身材苗條的璃奈總是躲在大嗓門的紀實子背後，很不起眼，但是交派工作給他時，他的工作態度出乎意料的嚴謹。

然而塔子想起「若不減少約聘員工的加班時數，就要炒他們魷魚」的威脅，總之先讓璃奈回家再說。

一個人留在辦公室裡，邊叫快遞，邊思考問題出在充實與疲勞間的平衡。

連假結束就要開始進行個人面談了——

白天紀實子的聲音迴盪在耳邊，塔子下意識地停下手邊的工作。

努力取得充實與疲勞之間的平衡，自己堅持到現在的下場居然是這田地嗎。

一想到辛苦的黃金週活動一旦結束，就要被人事部的美知惠叫去面談，塔子再度陷入憂鬱的情緒裡。

開始放黃金週了，但是剛完成女性雜誌企劃的塔子並沒有特別的度假計畫。

為了消除平常的疲勞，塔子好好地睡了一覺，仔細地打掃房間，早上偶爾去社區經營的游泳池游泳，或者去圖書館看書，過得還算充實。

美中不足的是一想起優退的事，就像挖掘尚未痊癒的傷口。如果不參加個人面談，就無從得知今後的處境。雖然覺得現在想再多也沒用，但塔子還是會情不自禁地伸手去抓那個傷口。

每次經過商店街，塔子都會走向夏露的店，但夏露不曉得上哪兒去了，大花山茱萸前面的大門不分日夜都關得緊緊的。

連假過了一半的晚上，塔子正在準備一個人的晚餐時，電話響起。是分開生活的母親打來的。

「你這個連假哪裡都不去嗎？」

開口的第一句話就是這個問題，塔子顧左右而言他地說：「反正天氣也不好。」所以他才不想回家——

老樣子，母親丟出這樣的開場白準沒好事，塔子先發制人地說：「我正在忙。」趕在母親進入逼問模式前，塔子緊接著說：「話說回來，媽，你身體還好嗎？」問身體、問父親、問住在附近年邁祖母的事。

這麼一來，母親也被他轉移話題了。「話說你爸啊……」只要讓母親痛快地發一頓牢騷，母親通常就會心滿意足地掛電話。

塔子的老家位於房總半島尖端的小港都。

每次告訴別人自己老家在千葉，總會得到「那很近嘛」的反應，但是和大型購物商城雲集的船橋和迪士尼樂園的所在地浦安不一樣，房總半島的尖端離東京很遠，交通也很不方便，再加上市中心的腹地狹小，一點小事都會傳得街知巷聞。

留在故鄉的同班同學絕大部分都已經結婚當媽媽了，想也知道塔子要是回去，別人會怎麼說。

塔子表現出懂事的態度聽母親抱怨，覺得自己很奸詐。

母親真正想抱怨的不是退休後整天只會打小鋼珠的父親，也不是一天比一天難相處的祖母。

而是從十八歲來東京，除了過年幾乎不回家的獨生女吧。

塔子經常覺得問心有愧，覺得自己對父母沒盡過半點孝道。

光是想像喜歡小孩的母親是用什麼眼神看著同輩朋友含飴弄孫的模樣，心裡就覺得很害怕。

可是當前男友決定調職到名古屋而向他求婚的時候，塔子無論如何都無法跟對方一起去。

前男友怒不可遏，認為事到如今，已經坐三望四的塔子還在端什麼臭架子。

以塔子的本事，就算去名古屋，應該也能馬上找到新工作。接下來只要找份不用勉強自己，還能稍微貼補家計的工作就好了——

塔子至今也忘不了當時在內心深處隱隱作痛的委屈。

萬一要調職的是塔子，他願意放下現在的工作嗎。
為何只有自己必須面對這種選擇呢。
但是又不能把真正的不平說出口，塔子側耳傾聽母親在四周飄來飄去的細微嗓音，心裡感覺非常抱歉。
所有的藉口和大道理在這份歉意面前都無法發揮力道。
「你呢？還是老樣子嗎？工作順利嗎？」
「沒問題。」
塔子的唇瓣顫抖。
不知從哪裡傳來恫嚇——連工作都保不住，你還活著做什麼。
掛掉電話，突然雷聲大作。
剛踏出陽台，就開始淅瀝嘩啦地下起冰冷的傾盆大雨。
塔子怔忡地盯著逐漸沉沒在雨中的大都會街道好一會兒。

放完連假，公司裡彌漫著消沉的氣氛。
開始個人面談，被告知要減薪或調到自己不想去的單位的中階員工垂頭喪氣地走出會議室。
塔子剛好經過，從正要關上的門縫看見美知惠與高層比鄰而坐的身影，看到那張臉上浮現出陶醉在權力裡的表情，塔子連忙低下頭去。

塔子週末也要參加面談。

本來就是為了勸員工提早退休的面談，提出的條件想必不會好到哪裡去。

不想踏進結束面談的員工聚集的咖啡座，塔子走向茶水間。

「已經開始面談了，城之崎主任也會調動嗎？」

猝不及防地聽到自己的名字，塔子倏地停下腳步。

悄悄探頭，只見同組的後輩正用自己的熱水瓶裝水。他們都很節儉，中午都自己帶便當，利用茶水間免費的熱水泡茶。

「天曉得。女性雜誌的企劃也告一段落了，可是對我們來說，主任繼續留任比較好吧。不工作的老頭愛去哪裡去哪裡，但主任要是不在了，很多事都會變得很麻煩。」

約聘員工中算是老鳥的紀實子不疾不徐地回答。

「可是主任和我們不一樣，是正職員工，薪水應該比我們多很多吧？」

「我猜就算減薪，城之崎主任也會留下來。」

「說得也是。主任還沒結婚吧？現在也無法換跑道了，大概也沒有別的事可做。」

說到這裡，所有人都笑了。

「可是啊，明天就輪到我們嘍。如果不在變成那樣之前先下手為強，下一個被資遣的就輪到我們了。」

眼下正和別人搞外遇的紀實子說出很像那麼回事的大道理，引來其他人異口同聲的附和：「說得也是」、「好可怕呀」、「真傷腦筋」。

塔子放棄喝咖啡，靜靜地轉身離去。

芳本璃奈也在說自己閒話的那群人裡面，璃奈與紀實子一起高聲談笑的身影令塔子有些失望。

那天，塔子彷彿拋開一切地準時下班。已經很久沒在天還亮著的時候坐電車了。經過商店街的時候，看了夏露的店一眼，夏露正在為服飾店打烊。

「哎呀，你今天難得這麼早。」

夏露把異國風味的披肩當成頭巾綁在頭上，搖晃著大大的耳環回頭。

塔子對接下來要去採購消夜食材的夏露提出同行的要求。

「讓你久等了。」

準備就緒，再次出現在中庭裡的夏露令塔子忍不住瞪大雙眼。

夏露戴著毛線帽，脖子圍著絲巾，身上穿著粗藍布襯衫和牛仔褲。這還是他第一次看到夏露沒有化妝的長相。

化妝舞會的面具底下原來是張眼神意外爽朗的中年男子的臉。

「如果是晚上或店裡，打扮成平常那樣子倒無所謂，但是在這個時間的超市，肯定會很引人側目吧。別看我這樣，我可是會看時間、場合、地點穿衣服的變裝皇后喔。」

塔子的視線讓夏露發出害羞的笑聲。

一踏進車站前的超級市場，負責收銀的大嬸就小聲地喊：「夏露、夏露。」還向他招手。

「夏露，今天新到貨的馬鈴薯很便宜喔。」「比起陳列在店頭的袋裝洋蔥，零賣的品質比較好喔。」「今天進了很棒的洋菇喔。」「也進了國產的檸檬。」

大嬸給的情報此起彼落，夏露對他們拋了個媚眼，立刻根據他們提供的情報在推車裡放進當季的蔬菜。

塔子與他並肩而行，視線不經意地停駐在他們倒映在冷凍食品櫃的玻璃門上的身影。塔子已經算是長得很高的女生了，但身邊的夏露依舊比他高出一個頭。

夏露年輕時大概從事過什麼運動，粗藍布襯衫底下的胸膛比想像中還厚。

回想他的雙臂曾經輕而易舉地抱起自己這個高個子，塔子的心跳快了好幾拍。

可是在超市明亮的燈光下，夏露脂粉未施的臉看來有點憔悴。

後來兩人分工合作地提著大量的戰利品，並肩沿著長長的商店街走回店裡。

「真不好意思，還讓你幫忙。」

「別這麼說，每次都承蒙你招待。」

兩人一起進屋，將食材拿進吧台裡。

這還是塔子第一次踏進廚房。

廚房打掃得很乾淨，面積不大，但使用起來很順手的樣子。柱子上掛有東京都食品衛生協會的藍色證書。

負責人的欄位用油性筆寫著「御廚清澄」的名字。

大概是夏露的本名。

「御廚」這個姓太適合很會做菜的夏露了。

「買了這麼多，什麼都做得出來。你今晚想吃什麼？」

夏露重新綁上頭巾，被他頂了一下，塔子才恍然回神。

「你怎麼了？今天一直在發呆。工作不是才告一段落嗎？」

夏露問道，塔子搖搖頭回答：

「我這禮拜要參加提早退休的面談。」

回過神來，就連對母親都說不出口的話，居然這麼輕易地脫口而出。

夏露一眼都不眨地盯著塔子看了半晌，動作俐落地開始處理食材。

「肚子餓了吧。」

夏露和顏悅色地輕聲說道。

「準備消夜前先吃點簡單的東西吧。」

夏露開始切起大朵洋菇。轉眼間，砧板上堆滿了切片的洋菇。

拌入芝麻葉，擠點檸檬汁，攪拌均勻。

接著從冰箱拿出自製的沙拉醬拌勻，盛到盤子裡，遞到塔子眼前。

「這是洋菇沙拉。」

沒兩三下就變出一道菜，塔子發出佩服的嘆息。

這也是他第一次吃生洋菇。

放進嘴巴裡，緊接在爽脆的口感之後，強烈的香氣撲鼻而來，然後就直接在口中化開，消失不見，口感輕盈得令人難以置信。

「好好吃……」

「對吧？我最喜歡這種不裝模作樣的料理了。」

這種不裝模作樣的料理，反而更考驗刀工及調味的經驗與技術吧。

可見夏露真的具有做菜的天分，才能不費吹灰之力地完成這道菜。

自己曾經很崇拜這種內行人。

可是——

「就算不盡完美，我也一直全力以赴地工作。可是到頭來，我看到的一切都只是錯覺也說不定。」

全神貫注地工作，流年卻在彈指之間偷換。塔子已經沒有年輕人那種把兼顧家庭與工作視為理所當然的靈活與從容。

所以才想全力以赴地面對「自己的工作」。

然而，自己只能走到「這裡」。

我想「或許打從一開始就沒有屬於**我的工作**」。

或許應該更早一點發現的。

在戰功彪炳的第一期前輩與希和曾幾何時離開公司的時候，早就該發現。

『接下來只要找份不用勉強自己，還能稍微貼補家計的工作就好了。』

『現在也沒辦法換跑道了，大概也沒有別的事可做。』

想起前男友和年輕後輩沒有惡意的發言，塔子用力地閉上雙眼。

二十年來，自己不斷追尋的方向，原來打從一開始就錯了。

「抱歉，突然提起這件事……」

塔子猛然回神，抬起頭來。

向貌似與職場人生無緣的夏露抱怨這些，也只會害他不知做何反應才是吧。

「說得也是。」

然而始終沉默傾聽的夏露卻深深地嘆了一口氣。

「大型的公司把自己培養的員工掃地出門，從其他同業接收薪水更低的員工這種事時有所聞呢。」

夏露抱著胳膊繼續往下說：

「如果有比較了解第一線狀況的高層，就會知道把真正支持公司的中階員工掃地出門對公司將會造成多大的損失……但是這種人的工作態度肯定非常認真，所以可能早就因為某件事背黑鍋而失勢。只有從不親自站上火線，巧妙地在公司裡鑽營的人才能留在大企業裡。」

夏露一針見血地指出企業由來已久的陋習。

總是塗上厚厚一層化妝品的臉有點蠟黃，但的確是成年男性精悍又知性的表情。

這個人該不會是——

塔子茫然地盯著他，夏露微微一笑。

「你說自己看到的一切可能只是錯覺，但世上的一切本就是個人的錯覺不是嗎？」

「欸？」

「錯覺這個說法或許怪怪的。但是不管怎樣，我們都只能透過自己的雙眼來看事情不是嗎？不然你想想看嘛，」

夏露拍拍塔子的肩。

「你透過別人的雙眼來看我平常的打扮看看，肯定會很想死喔。」

夏露忍著笑意說，打開廚房上方的吊櫃。

拿出一人份的鍋子，交給塔子。

那是塔子第一次在這裡吃到的春季蔬菜用的砂鍋。

以黏土製成的圓形砂鍋拿在手裡的觸感質樸，非常舒服。

「這個鍋子送給你。」

「咦，可是……」

「我希望你收下。」

夏露有些嚴肅地看著正要推辭的塔子。

「廚師常說，年代久遠的陶鍋會隨著使用的漫長歲月讓料理變得更美味。」

夏露把一對陶鍋放在桌上說。

「這對鍋子已經用了二十年以上，託它的福，總是能做出令人吮指回味的料理。大概也有很多人認為這只是錯覺，不管是新鍋子，還是用了很久的鍋子，做出來的味道都一樣。可是啊……」

夏露回過頭來，凝視塔子，慢條斯理地說：

「我認為這是很重要的。」

那一瞬間。

鼻子好酸。

眼前夏露綁著頭巾，男性化的臉開始模糊，扭曲變形。

「夏露。」

塔子拚命仰著頭，不想讓對方發現自己流淚。

「今天晚上……我想吃春季蔬菜的砂鍋。」

夏露脂粉未施的臉龐看起來果然有點褪色。

「了解。」

然而，夏露卻在那張臉上堆滿了笑容。

週末，塔子在會議室與高層及人事部的人面談。

塔子一時半刻無法理解對方說的意思，回過神來的時候，已經「什麼？」地反問了回去。

面談的內容居然是任命塔子擔任企劃小組的代理組長。

「指原組長呢？」

兩年前才跳槽過來的指原應該不在這次的勸退名單上。

「指原將調到物流部門。」

高層面無表情地回答。

物流——又稱員工墳墓的配送中心。

塔子心不在焉地望向窗外。氣溫依舊冷颼颼，明明已經五月中了，窗櫺還結著霜。

「我很期待城之崎小姐的表現。」

耳邊突然響起柔和的嗓音，塔子拉回視線。

美知惠擠出勉強的笑容，探出身子對他說。

「你和我一樣，都是女性管理職的候補，從今以後也請繼續為公司全力以赴。」

落落大方的語氣繼續親暱地說下去，塔子默不作聲地低著頭。

「城之崎主任！」

離開會議室，來到走廊上時，紀實子從茶水間衝出來，一把抓住他的手臂。

「主任，是升遷對吧？太好了！」

「你怎麼知道？」

紀實子突出此言，害塔子嚇了一大跳。剛剛才知悉的人事命令居然被紀實子猜到，感覺有點毛骨悚然。

「因為……」

紀實子一點也沒有不好意思的樣子，拉著塔子走進茶水間。

「雖然還沒有貼出公告，但指原組長**被倒帳了**。」

「被倒帳了？」

「不要那麼大聲啦。這件事還沒有浮上檯面。」

儘管壓低了聲線，紀實子還是一臉藏不住話的樣子。

大概是行銷部門的和氣組長告訴他的。紀實子向塔子透露，指原找來的外包廠商不僅擅自挪用營業額，還搞到破產。

「事情好像變得一發不可收拾喔，監查的人已經來了。聽說指原組長還收了外包廠商的回扣。」

紀實子事不關己地興奮說道：「這就是所謂的天譴吧！」活似第一時間發現藝人醜聞的網路鄉民。

看樣子紀實子早就知道人事命令的內容，根本是埋伏在茶水間等塔子離開會議室。

「不過，那個人因為有常董當靠山，應該不至於走到辭職那一步。不過主任，這真是太好了。這麼一來，企劃小組總算能正常運作了，我們也都好高興。簡直是所謂的逆轉勝。往後也請你多多關照了！」

當天晚上，塔子在夏露的店享用大頭菜濃湯，提起自己升職的事。

正為芭蕾舞鞋繡上珠子的嘉妲抬起頭，以男性的嗓音低喃：「是嗎，好厲害呀。」

夏露也微笑著說：「太好了。」開始準備平常的餐後茶。

「話說回來，今年的天氣也太離譜了，根本沒有所謂的五月晴嘛。不知道要冷到猴年馬月。地球該不會直接進入冰河期，夏天永遠不會來吧？」

嘉妲已經完全放棄用女生的腔調說話。塔子邊聽他絮絮叨叨地抱怨，心不在焉地啜飲著「有助於軟化腦血管的茶」。

只有「逆轉勝」這個單字迴盪在腦海中，揮之不去。

進入六月，截至目前的低溫簡直就像騙人的一樣，每天都熱得要死。還以為每天過的都是同樣的日子，塔子再次深深地感受到，季節推移自有其肉眼無法察覺的部分。

六月的傍晚還很亮，即使已經過了六點，太陽依舊宛如水嫩多汁的枇杷，在屋子裡灑滿了金色的陽光。

趁著天還亮的時候準備費工的料理，感覺真是神清氣爽。

今天要做的是夏露教他的砂鍋菜。

除了高麗菜和洋蔥等春季蔬菜以外，再加入蘆筍和櫛瓜等初夏的蔬菜，稍加變化。等蔬菜煮到軟爛，開始用磨起司的工具削玄米餅。削好的餅與豆漿、白味噌、醋一起放進小鍋裡，攪拌均勻。

在砂鍋菜上交織成網狀，風味很有深度的起司其實是這個玄米餅。

醫生要我減少攝取動物性的食物，頂多吃點海鮮——

塔子從夏露傳授他做法時不經意脫口而出的話，察覺到他似乎生了什麼病。

厚厚一層化妝品下的臉色不好絕不是塔子的錯覺，夏露好像利用黃金週住院了。

這也沒辦法。世界上不存在真正完全自由的人。

人生在世，誰都是背負著某種重擔活下去——
夏露只微笑說到這裡，所以塔子也無法再追問下去。
只不過，夏露當時說的話讓塔子作出某個決定。
上個月底，塔子婉拒人事的安排，選擇提早退休。
然後是這個月，塔子終於離開服務了二十年的公司。
他還沒決定接下來要做什麼。
塔子辭職的舉動在公司裡激起一陣漣漪。
明明是公司要求中階員工提前退休，可是當塔子這種手裡有很多工作的中階員工真的提出辭呈的時候，包括美知惠在內的人事部及高層的人全都大驚失色。紀實子等後輩也都求他「不要辭職嘛」。
可是塔子認為提早退休對自己其實是件好事。
公司問塔子要不要擔任女性管理職，絕不是看在塔子平常的業績。
除了需要有人收拾上一個組長留下的爛攤子，顯然也是為了迎合目前執政黨大力推動女性管理職的呼籲，完全是司馬昭之心，路人皆知。
想當然耳，只要熬過這一關，或許也會有很多收穫。
一如過去在法律的推波助瀾下，成為女性綜合職的塔子本身在公司裡學習、吸收到很多東西那樣，然而，正因為自己學習、體驗到很多東西，才知道這次並不是那麼一回事。
美知惠在會議室對自己說「你和我一樣」的時候，他徹底明白了。
明白在檯面下充斥著弊端、挪用公款、外遇等魑魅魍魎的大公司中，擔任第一位女性管理職的美知惠肯定過得不輕鬆。
但塔子要背負的重擔不該跟美知惠一樣。
自己的負擔由自己決定。
當他下定決心的瞬間，塔子聽見長年凍結在自己心裡，宛如長期積雪的東西發出融雪的聲音。
塔子用木鏟攪拌小鍋裡的玄米餅，確定已經融化得跟起司差不多後，關火。
接著輪到夏露送他的陶鍋上場。
將熬煮到軟爛的蔬菜倒進圓滾滾的陶鍋裡，撒上玄米餅起司就大功告成了。
他打算帶這道砂鍋菜去「Makan Malam」。
最後再用店裡的烤箱烤出焦色，給總是做消夜給大家的夏露吃。
用已經使用了二十年的鍋子來做。
不可能不好吃。
塔子以掌心領略陶鍋圓潤扎實的觸感，心想自己或許又誤會了。
一旦從現在這股亢奮的感覺醒來，無法回頭的後悔或許正在未來等著自己。

儘管如此，從此以後還是要用自己的雙眼面對不確定的未來。
如同用了二十年的東西會散發出自己的風味，捺著性子尋找下一個舞台。
至少先告別為了換取一時的安穩，持續讓別人的眼光為自己打分數的生活。
蓋上裝得滿滿的陶鍋，塔子走出陽台。
望著西邊還很明亮的天空，覺得太陽真是不可思議地規律，就算冬天寒冷的尾巴拖得再久，日照時間依舊隨著夏至的腳步逼近愈來愈長。
自己也要仿效自然界周而復始的循環。
仿效大地無論凍結得再久，終有融雪的一天。
春暖花開的季節，每年都會降臨。

第二話

黃金米麵包

七月下旬的夕陽又熱又刺眼。

染成麥芽糖色的會客室裡充滿蒸騰的熱氣。

柳田敏淺淺地坐在沙發上，打開手裡的扇子，朝胸口猛搧。

成為母校弓丘第一中學的老師已經超過四分之一個世紀。這所歷史悠久、設備老舊的學校終於也有一部分的教室裝了空調，但設定溫度的規定很嚴格，到了夕陽西下的這個時段，幾乎已經英雄無用武之地。

光是坐著不動，汗水就會濡濕胸口。再加上，氣氛很沉重。

桌子對面是表情繃得死緊的母親，桀驁不馴的少年坐在旁邊。

柳田躲在扇子後面窺探，一旁的久保智子也露出硬邦邦的表情。

少年名叫三橋璃久，是智子帶的一年三班學生。

「所以呢……」

柳田收起扇子，傾身往前，最近明顯突出的小腹頂到桌子。

隱約知道學生們私底下為他取了「肯德基爺爺」的綽號，因為自己總是穿著薄薄的白袍，挺著肚子走路，但自從過了四十歲，他就已經放棄減肥這件事了。

「你為什麼不好好吃飯呢？」

柳田問道，璃久沉默地低著頭。

「璃久，老師在問你話呢。」

「如果有什麼原因，請告訴老師……」

柳田用扇子制止正要插嘴的母親和智子。

長年的教學生涯早已讓他學會，桀驁不馴的孩子再怎麼逼問也得不到答案。一旁的智子露骨地大嘆一聲。或許是因為頭髮剪得太短，像這種時候，智子看起來總是過分嚴厲。

智子當老師才五年，算是學校裡比較年輕的老師。平常開朗又積極，可是當事情發展得不如己意的時候，就變得很難溝通。

璃久大約從一個月前突然開始不吃母親做的飯菜，而是在社團活動或補習班的回家路上去便利商店或速食店解決。

「不過便當倒是每天都吃得很乾淨，所以我想也不用太擔心。到了這個年紀，男孩子都比較喜歡跟朋友一起在外面遊蕩不是嗎？」

璃久的母親皺起修得細細的眉峰看著柳田。

的確是那樣沒錯。

舉凡是男孩子，都有過突然覺得家人很煩的時期。

但璃久其實也沒吃每天帶的便當，而是推給食量大的朋友，自己用零用錢買福利社的泡麵或麵包來吃。

這件事在家長會上爆開時，智子似乎曾暗指是「家庭的問題」，母親感覺被年輕的智子指責了，要求身為學年主任的柳田也要參加下一次的家長會。

「家裡並沒有任何明顯的變化，問題肯定出在學校。」

鬈髮披肩，年約四十的母親悄悄地瞥了智子一眼。

夾在兩個莫名其妙反目成仇的女人之間，柳田在心裡嘆氣。

『當老師真好，假期好長。』

至今仍偶爾有人會一臉正色地說出這種話，令柳田大為傻眼。

暑假只是不需要上課，還是跟其他月份一樣，老師都必須到學校上班。可以「在家進修」已經是幾十年前的事了。

今時今日，校內研習和校外研習都多得跟什麼似的，再加上當了學年主任，還得解決像這種上課時沒辦法處理的麻煩事。

真是夠了……

夾在沉不住氣的年輕老師和神經質的母親之間，學年主任還真是份苦差事。他也不是想當才當的，只是年資太久，沒辦法推辭。

「我想和璃久同學單獨聊聊。」

先把針鋒相對的兩個女人趕出去，柳田重新面向璃久。

搖晃著被皮帶勒出來的小腹贅肉，柳田把手肘撐在桌上。

「有什麼不想吃飯的原因嗎？」

盯著對方的雙眼詢問，璃久把臉轉向一邊。

「沒什麼……」

來了。**沒什麼**。

最近的小孩就連辯解都做不好。

柳田把卡在桌上的贅肉擠回原位，視線落在智子事前交給他的檔案夾上。

父親是在中小企業工作的上班族，母親是家庭主婦，家庭乍看之下沒有問題。文科理科的成績都很優秀，體育成績也不差。

印象中由柳田任教的理科成績還不錯，也都在朋友的圍繞下，快快樂樂地上實驗課。社團是生物社——

柳田瀏覽檔案夾裡的資料，璃久突然開口。

「而且我都有吃。」

「什麼？」

「我每天都有正常吃飯。」

璃久以挑釁的眼神回望柳田。

「既然如此，為什麼不吃令堂特地為你做的飯菜呢？」

「就算不是我媽做的飯菜，飯菜還是飯菜吧。」

「或許是這樣沒錯。」

「那不就好了嗎。」

璃久閉上嘴巴，表示話題到此為止。

「你該不會是和令堂吵架了吧？」

「沒有……」

又回到原點了。

接下來不管再怎麼問，璃久都不肯正面回答，柳田只好放棄，請璃久的母親和智子再次回到會客室。

「再觀察一陣子吧。」

「那麼今後關於這件事，就請柳田老師負責跟進了。」

璃久的母親緊迫盯人地說，柳田不置可否地點頭。

「璃久媽媽也不要太著急，請暫時靜觀其變。」

這句話到底已經說過幾遍，連自己也搞不清楚了。

漫長的教學生涯固然讓他累積了一定的經驗，但國中生的問題實非一朝一夕就能解決，通常需要相當久的時間才能解決他們的問題。

安撫好急著要結論的母親，柳田送璃久到樓梯口。

「要是有什麼事，請跟我說。」

璃久默不作聲地接過柳田遞給他的手機號碼。

運動社團的吆喝聲響遍校園，兩道身影與操場保持微妙的距離，漸行漸遠。

「那絕對是家庭的問題！」

那對母子的背影一消失在視線範圍內，始終保持沉默的智子忿忿不平地說。

「你聽到了吧？他居然說這件事以後由柳田老師負責跟進，他是那種能在我面前毫不在乎地說出這種話的母親。明擺著給我難看。顯然是瞧不起我這個級任老師嘛。」

即使回到教職員辦公室，智子仍在喋喋不休地抱怨。

「也有家長會不當一回事地說沒生過小孩的人就不了解小孩喔，這完全是性騷擾吧。」

「就是說啊。」

「同樣都是單身，就不會對身為男人的高藤老師說什麼，為什麼只有我們女老師要被這樣數落。」

「說得也是。」

發現柳田左耳進、右耳出地相應不理，智子一下子感到沒趣。

「總而言之，已經開始有學生模仿三橋，不吃帶來的便當，改吃泡麵了。我想在影響繼續擴大以前，趁暑假解決這個問題，所以……」

智子重新抱好檔案夾。

「柳田老師，就麻煩你追蹤到最後了。」

智子在滔滔不絕的大道理最後丟出這個結論，頭也不回地走向自己的座位。

柳田坐在辦公桌前，摘下眼鏡，按摩眼頭。

年輕的老師只有口才特別好，重要的事都丟給別人。

「年近三十的女老師很可怕吧。」

坐在對面的高藤壓低聲線對他說。

「柳田老師也真不容易啊，久保老師本來跟駐顏有術的媽媽軍團就很合不來了。」

高藤窺伺著智子立起馬球衫領子的背影，聲音愈壓愈低。

「或許是徵婚徵得不順利，搞得他很焦躁。不過，頭髮剪那麼短，哪個男人敢開口約他啊。他是那種會在聊天的過程中冒出一句『不是第一名就沒有意義』的人喔。」

這種事一點都不重要好嗎。

柳田打開電腦，點開整理了研究報告的檔案。

田徑社的吆喝聲、金屬球棒擊球的聲響從操場傳來。天氣這麼熱，運動社團的老師也很辛苦。

然而，聽到屋頂上傳來高分貝的歡呼聲時，柳田的內心頓時湧出一抹寂寥。

預備，起！

夾雜在歡呼中的獨特吆喝聲是游泳社發出來的。

眼前突然浮現出學生跳進游泳池，激起閃閃發光的炫目水花。

這所中學前幾年還沒有游泳池，當時的游泳社只能借隔壁學校的游泳池活動，第一代顧問正是柳田本人。

柳田本身倒沒有什麼特別的貢獻，只是從同好會的時代不情願地接下顧問的工作，靠學生自己的力量，不知不覺社團居然變強了，還成長為能參加東京都大賽的社團。

如今在屋頂上蓋了豪華的游泳池，顧問也由具有選手經驗的年輕老師取而代之。所謂的教職，無非是這麼回事。

即使小心翼翼地培養，一旦翅膀硬了就會飛得無影無蹤。

更何況自己原本也不是那麼有熱情的老師。只是在小心不跟任何人起衝突的前提下，度過波瀾不興的歲月，曾幾何時就成了學年主任。

柳田今年四十九歲，教學生涯也邁入第二十七年了。

教務主任的應考資格規定不能超過五十歲，如果要考，今年是最後的機會。

學校至今再三勸他參加教務主任的考試，但柳田始終提不起勁來。一旦當上教務主任，接下來的目標就是校長。光要管理一個學年就已經夠累人了，他實在不認為自己有本事擔任要對整所學校負責的校長，他也沒有那種熱情。

預備，起！

再次響起的吆喝聲頓時分去他的心神，柳田趕緊搖搖頭。

先搞定眼前的問題。

除了今年的夏天非常熱、必須寫報告之外，還得煩惱一年級學生謎樣的偏食問題。對老師來說，暑假根本是問題一堆的季節。

比起暑假，平常要上課的時候還輕鬆一點。

當天直到晚上九點過後都還在寫報告，回到自家附近的商店街時，幾乎所有的店都已經拉下鐵門。

餓到老眼昏花。

自從老婆和女兒前天參加旅行團不在家，柳田基本上都吃外面。

掀起拉麵店的門簾，柳田在裡面的座位坐下，先點了一杯生啤酒，用濕毛巾用力擦臉。

話說回來，母女真是不可思議的關係。

平常互不相讓的程度讓人懷疑他們真的是母女，但有時又會像這樣一起出門旅行。

自己的薪水都被房屋貸款和女兒的教育費吃掉了，老婆兼差賺的錢卻幾乎都用來吃喝玩樂，這點也令人難以理解。

雖然也覺得自己對家人沒什麼貢獻是最主要的原因。

『爸爸總是板著一張臉，人生到底有什麼樂趣？』

腦海中突然浮現出念高中的女兒問他的問題。

當他叨唸女兒太晚回家時，女兒射了這麼一枝冷箭回來。

女兒討人喜歡的年紀其實只有一瞬間，如今總是用看到髒東西的眼神看父親，說話也很難聽，表現出一副他是靠自己長這麼大的態度。

就算是這樣，這句話也太沒禮貌了。

確實他偶爾也會被鏡子裡自己嘴角下垂的程度嚇一跳，問題是誰有辦法每天笑臉迎人，他又不是站在速食店門口負責招攬客人的肯德基爺爺。

更重要的是，說到樂趣，他多得是。

就像**這個**。柳田陶醉地看著擺滿在桌上的拉麵、煎餃、炒飯套餐。

以前研習認識的中國人老師告訴他，剛到日本的中國人看到這種組合會大吃一驚。因為麵、餃子和炒飯在中國都是主食。這麼說來，的確是滿滿的醣、油、碳水化合物。

然而，人類很容易墮落。後來又遇到那位中國人老師時，對方也興高采烈地點了這道三種主食的套餐，還說：「我吃上癮了！」

柳田心不在焉看著電視上的綜藝節目，迫不及待地灌了一大口啤酒，吸麵，咬下煎餃，嘴裡塞滿炒飯。一開始的確覺得很幸福，但是吃到一半，開始覺得胃有點不舒服。

即便如此，他還是連拉麵的湯都喝得一滴不剩，柳田摩挲著更加鼓脹的肚子走出那家店。

在冷氣房裡從頭凍到腳的身體吹到由空調的室外機排出的熱風，這下子真的胸口悶到喘不過氣來了。

這幾天，每天都去牛肉蓋飯、豬排、拉麵的連鎖店吃飯，縱使是鐵打的胃，或許也受不了了。

像這種時候，果然還是——

柳田靈機一動，走向商店街的外圍，鑽進巷子裡的巷子。

轉進僅容一人通過的羊腸小徑，那家店突然映入眼簾。

有如古民家的獨棟房子，還有個小小的中庭。

中庭的正中央滿是大花山茱萸的圓形葉片，樹下立著一塊小小的鐵製招牌，上頭寫著「Makan Malam」。

悄悄地在深夜開店，只有內行人才知道的消夜咖啡店。

商店街的暗巷裡居然藏了一家這樣的店，若非常客，絕對注意不到。

提到隱密、非公開、不為人知的字眼，通常會想到膚色白皙、個頭嬌小、另有隱情的小女人溫柔婉約地掛出門簾的模樣。

然而，現實是——

按下門鈴，耳邊傳來粗嘎的一聲「請進！」沉重的木門應聲推開。

「哎呀，柳田，歡迎光臨。」

塗成大紅色的嘴唇勾勒出上揚的弧度。

不管看幾次，都無法不受到衝擊。

身高超過一百八十公分，以前的同學——當然是同性——小碎花晚禮服底下露出兩條肌肉結實的雙腳，站在門口。

被間接照明照亮的店內極其自然地擺著單人座沙發和古董風家具，隻身前來光顧的客人各自喝茶、看書，或是默默地吃消夜。

柳田向有過數面之緣的白髮老太太打了個招呼，坐在吧台前的鋼管椅上。

「看你的樣子，已經吃飽了。」

粉紅色的鮑伯頭假髮在吧台的另一邊搖曳著，睫毛在塗滿白粉的臉頰上篩落長長的影子，活像小丑或魔女。

在他身上已經完全感受不到中學時代那個文武雙全、性格爽朗、深受男生及女生喜愛的同學身影了。

即使是每次看到長得好看的男生，都會在心裡複誦「快滾開」的柳田也做夢都想不到當初班上最受歡迎、長得最帥的優等生年過四十竟然會變成「人妖」。

第一次看到他扮女裝的時候，打擊實在太大，還破口大罵：「不准你再出現在我面前。」曾幾何時居然養成每週都來這家深夜咖啡店光顧的習慣。

「我好像又吃太多了，給我每次來喝的那個，拜託。」

「了解。」

目送同學拎著長度及膝的晚禮服裙襬消失在吧台深處，柳田將手肘撐在桌上。

不一會兒，吧台後面傳來香草及香料的獨特香味。

「讓你久等了。」

放在桌上的Jenggala[6]杯裡裝滿了宛如中藥般漆黑的茶，柳田喝上一口，深深嘆息。

那味道又苦、又甜、又辣，喝再多次都無法妥善形容，真不可思議。

味道姑且不論，每次喝到這杯茶，體內都會湧出一股爽快的感覺，彷彿五臟六腑都被洗乾淨。

「發生什麼事了？」

聲音隔著吧台傳來。

穩重的眼神從羽毛般的假睫毛深處直勾勾地看著自己。彷彿瞥見同學少年時代的殘影，柳田心裡一驚。

「壓力一大就忍不住暴飲暴食是體質燥熱的特徵。今天的茶除了平常的普洱和薄荷以外，還加了大麥和糯黍。大麥和糯黍具有讓過於燥熱的體質恢復中性的作用。」

「御廚……」

才開剛口，對方立刻「嘖！嘖！」地表示抗議。

「拜託別用以前的名字叫我，我在這裡的名字是『夏露』。」

誰叫得出口啊！——

「所以呢，發生什麼事了？」

不理會全身都表現出排斥反應的柳田，夏露傾身向前。

「哦，是我學校的一年級小鬼……」

柳田重新打起精神，簡短地向他說明璃久的狀況。

「也就是說，那孩子從某一天開始，突然不吃母親做的任何飯菜嗎？」

「嗯，就是這麼回事。」

「那應該是級任老師說的，親子關係出了問題吧。」

「我起初也這麼想，但是從他們一起來學校的樣子看，感情似乎不差，兒子也沒有表現出反抗的態度。」

回想那對母子並肩離去的背影，柳田怎麼想都想不通。

「可是國中生正好是發生什麼事都不奇怪的年紀。」

一點也沒錯。自己帶過所有的年級，一年級剛從小學升上來毛都還沒長齊，三年級將面對人生最初的考試，中間的二年級更是莫名其妙，總之沒有一個年級是好帶的。

「可是啊……我不覺得那個一年級小鬼是這麼麻煩，或是這麼有問題的人。」

6. 沓里島有名的陶瓷工廠。

璃久是個總是在朋友的圍繞下，笑得很開心的學生——柳田對級任老師智子寫在檔案夾裡的印象也有同感。

「根本不曉得最近的小鬼在想什麼。最近的孩子沒什麼感情，難懂得要命。相較於小孩變得軟弱，父母倒是異常強勢。比起現在的小鬼，我們那個年代的人更懂得忍耐……哇！」

柳田邊喝茶邊嘀咕，突然有人一掌大力拍在他的背上，害他差點從椅子上掉下去。大吃一驚回頭看，戴著大紅色長假髮的年輕人妖正莫名其妙地向他敬禮。

「老師好！」

「呿！」

名喚嘉姐的人妖二號。

柳田最不會應付這個原本是不良少年的人妖了。

「你那是什麼態度！」

嘉姐彷彿用鉛筆描繪的柳眉倒豎，夏露幫忙打圓場：「算了算了。」

人妖二號是夏露白天利用同一家店經營的舞蹈用品專賣店女紅，此刻手裡也拿著亮片釘到一半的絲巾。其實，這家消夜咖啡店原本就是為了提供伙食給女紅們才開的。

「我不小心聽到你們的談話，如果是這種事，中二病至今尚未痊癒的我可有經驗了，給我把耳朵掏乾淨聽清楚。」

「什麼？」

「啊，有道理。嘉妲比我們更接近中學生的年紀，所以聽聽他的意見也無妨。」

「我說你們……」

在兩個人妖的夾攻下，柳田臉色鐵青。

從不良少年到人妖，經歷了驚天動地的變化，這種毛頭小子的經驗談到底能提供多少的參考價值。

「國中生的食慾多半與青澀的性慾息息相關。不，不只食慾，是國中生所有的慾望……」

「閉嘴！」

「什麼嘛，接下來才要講到重點。我年輕時的性慾……」

「叫你閉嘴！」

他一點也不想知道人妖思春期性慾的生活[7]。

推開不顧一切還想繼續這個話題的嘉妲，柳田粗聲粗氣地大喊：

「喂，御廚，快阻止這傢伙！」

或許是不滿意柳田直呼其名，夏露決定袖手旁觀。

7.《性慾的生活》是日本文豪森鷗外的作品。

發現柳田與嘉妲吵成一團，原本在房間角落安靜作業的女紅紛紛靠攏過來，柳田不一會兒就被戴著五顏六色假髮的人妖團團圍住，發出哀號。

每次來這家店，有一半的機率最後都會落到這種下場。柳田表現得愈抗拒，人妖們愈是見獵心喜地找他麻煩。

柳田幾乎是連滾帶爬地衝出店外，拭去額頭上的汗水。這下子壓力愈來愈大了。然而，或許是夏露為他煮的茶起了作用，脹氣的不適神奇地減輕許多。

柳田生性保守，之所以害怕嘉妲他們三番兩次的攻擊也要經常造訪「Makan Malam」，或許就是因為這杯彷彿施了魔法的茶，但又不只是這個原因。

柳田心裡還有一個微小的理由，或許就連以前是同學的御廚清澄也沒發現。

進入八月，斑透翅蟬與油蟬一起開始大合唱。

天氣愈來愈熱，柳田就連在裝了空調的辦公室裡也無法放下扇子。

雖然透過和璃久母親的電子郵件往來與智子分享情報，但是並無顯著的進展，璃久還是老樣子，只吃便利商店的飯糰或速食店的食物。

「到底是怎麼回事啊。」

智子捧著教學日記問他。

「除了飲食以外，並沒有特別叛逆的地方，在家裡說的話也很正常，好像也認真地去參加補習班的暑期輔導。」

既然如此，也不能隨便叫他出來訓話。

「這樣根本沒問題嘛。」

與智子同期的高藤從對面事不關己地插嘴。

「說不上來為什麼，只是不想吃正常的食物吧。國中生本來就喜歡垃圾食物，再加上又是青春期的男生，大概有很多想法。」

「高藤老師看起來就像有深不見底的黑歷史。」

智子以冷冽的口吻無情批判道，背後傳來幾乎快聽不見的聲音：「請問……」回頭看，存在感低得跟竹節蟲沒兩樣的數學老師宮澤一臉抱歉地站在那裡。

「你們在討論三橋璃久的事吧，其實上禮拜生物社的集訓……」

宮澤以細如蚊蚋的音量吞吞吐吐地開口，柳田這才想起他是生物社的顧問。

「這麼說來，集訓是由宮澤老師帶隊。」

「對……」

宮澤接下來說的內容讓柳田與智子面面相覷。

他說為了抓昆蟲去山上露營的時候，璃久與其他學生一起正常地吃飯。

「他吃了什麼？」

「不是什麼了不起的東西，就學生自己在營區煮的飯菜……第一天是咖哩，第二天是豬肉湯……」

宮澤連眼皮都不抬一下地娓娓道來。

柳田的眉頭打了個死結。

難道璃久只是不吃母親做的料理？

「好像也不是喔。據他母親說，外食也只吃速食店的食物。」

「看吧，果然沒錯！」

高藤一拳擊在掌心裡。

「簡單一句話，他只是不想吃正常的食物。」

「為什麼？」

柳田和智子異口同聲地反問，高藤不假思索地回答：

「為了高興啊！」

智子轉身離去，柳田也無言地面向電腦。

那天晚上，柳田在連鎖拉麵店的吧台以皮蛋豆腐為下酒菜，配著生啤酒。

利用女兒去網球社的集訓不在家，老婆每天晚上都和一起兼差的夥伴聚餐，稱之為「姊妹會」。

柳田孤掌難鳴，這幾天只好再度展開連鎖店巡禮。

『因為和你單獨吃飯也不開心啊。不管我做什麼，都聽不到一句好吃的讚美。』

腦海中浮現出老婆出去和朋友聚餐前拋下的台詞。

真是的，母女都這麼失禮。只會把打工的超級市場賣剩的熟食擺在餐桌上，究竟有什麼臉說這種話。再說了，什麼「姊妹會」，早早面對現實，承認是「婆媽會」吧——

邊咀嚼皮蛋，在心裡大吐苦水時，放在桌上的手機震動起來。液晶螢幕顯示璃久家的電話號碼，柳田一時閃過不祥的預感。

走到店外，按下通話鍵，果不其然，璃久母親悲痛的吶喊穿透耳膜而來。

「璃久他……璃久還沒回來……！」

柳田放棄在皮蛋豆腐後想再加點的三種主食套餐，迅速付完帳便小跑步衝向學校。手機再次震動起來。

這次是智子打來的。智子說他正要逐一打電話給跟璃久交情比較好的同學。

「麻煩你了，我正要去學校。」

約好有什麼新消息馬上通知對方，柳田掛斷電話。

看了手錶一眼，剛過晚上十點。目前就連補習班的暑期輔導也經常上到深夜，所以這個時間對時下的小孩還很早，這個社區的治安相較之下比較好，但也不能掉以輕心。

晚飯時，璃久還是老樣子，正打算自己吃泡麵，此舉惹惱了難得提早回家的父親。逼問他也問不出個所以然來，失去耐性的父親逼璃久看光吃速食會有什麼下場的影片。

受到影片的衝擊，璃久衝出家門，不知所蹤。

「我打了好幾次電話給他，但他都不接。這也難怪，那種影片就連大人看了也會飽受衝擊。」

璃久的母親在話筒那頭長吁短嘆。

「我聽從老師的建議，一直不動聲色地靜觀其變，我老公只是偶爾提早回來，卻搞砸了這一切……」

他以前就聽說過璃久的父親在公司上班，經常要出差或加班，不太有時間跟璃久相處。柳田也明白不太有機會與孩子相處的父親為了擺出「父親的架子」，用力過度而白忙一場的心情。

撒手不管的話，老婆會抱怨自己什麼都沒做，做了又被罵多管閒事，做父親真的很為難。未來的時代可能會有所轉變，開始推崇願意帶小孩的新好男人，但如果是相處時間本來就不多的父子，會比母子更難拿捏彼此之間的距離。

在家裡沒有容身之處的自己與此刻大概正在附近尋找璃久的父親身影重疊，柳田甚至有點同情璃久的父親。

話說回來，東京夏天悶熱的程度真不是蓋的。大概是因為平常沒有在運動，稍微跑個幾步就汗流浹背。

問題出在家家戶戶和辦公室全天候開到最強的冷氣。

室外機排放的熱氣沉澱在不通風的柏油路上，即使夜深人靜，溫度依舊降不下來。可憐的蟬已經全面喪失季節感，在公園唧唧哀鳴。

上氣不接下氣地爬上坡道，總算看到校門口了。

柳田從側門進入學校，用手電筒照亮每一間深夜的教室。

明明是再熟悉不過的教室，入夜之後卻露出截然不同的表情。

學校的怪談──誰會相信這種鬼話。

然而，一間一間檢查毫無人跡的陰暗教室，畢竟不是令人心曠神怡的差事。

怕倒是不怕，只是覺得有點不太舒服。

柳田在心裡說著沒有要給任何人聽的藉口上樓。

真是的……在的話就快點給我出來，一年級小鬼……

放完暑假，一定要找教務主任商量裝保全的事。

過去也曾發生過學生離家出走或惡作劇，深夜溜進學校的事，差不多該認真思考對策了。

一年級的教室全部檢查過一遍後，柳田靈機一動，走向社團辦公室。

生物社的社辦就在理科教室的隔壁。

「喂！三橋，你在嗎？」

推開社辦門的瞬間，柳田差點嚇到腿軟。

巨大的非洲爪蟾沉甸甸地趴在水槽裡，在黑暗中發出藍色的光芒。

「哇啊啊啊啊！」

一時還以為經常拿來從事解剖實驗的青蛙來報仇了。

實際上，藍光是從水槽對面的手機螢幕發出來的。

被柳田的尖叫聲嚇得魂飛魄散的璃久緊緊地握住手機，愣在水槽對面。

找、找到你了，一年級小鬼……！

「三橋，別嚇我啦。」

柳田夾雜著嘆息說道，璃久頭低低的，看來反而是璃久受到比較大的驚嚇。

陪璃久走到操場上，剛好只剩一半的上弦月浮現在天頂上，校園裡也充滿了睡迷糊的蟬鳴。

柳田打電話給璃久的母親時，璃久始終低著頭。

光看他的樣子，實在不認為他有多叛逆，也不覺得他生病了。璃久身形矮小，有些委靡不振，看起來就像個迷途的孩子。

「回家了。」

講完電話，柳田催他，他也就乖乖地跟著柳田走。

就在那一刻，突然傳來微弱的「咕嚕——」聲。

定睛一看，璃久面紅耳赤地抱著肚子。大概是從晚餐衝出家門就什麼都沒吃，肚子應該很餓了。

想到這裡，這次換柳田的肚子也「咕嚕——」一響。

這麼說來，自己也只吃了皮蛋豆腐。

「去吃點什麼吧。」

柳田一問之下，璃久的頭垂得更低了，默不作聲。

「怎麼啦？想吃什麼，我請客。」

「……那我想吃麥當勞，或者是便利商店的飯糰……」

果然還是這些東西嗎。

柳田的腦海不經意地閃過一個念頭。

「那就去老師去過的店吧。」

「咦？」

璃久不安地揚起臉。

「可是我不吃普通餐廳的料理……」

「一點都不普通。」

柳田斬釘截鐵地斷言。

「別問了，一起去看看吧。是個很有趣的地方喔。只不過……」

柳田把手放在璃久的肩膀上，囑咐他：

「絕對不可以告訴你媽媽喔。」
或許是最後這句話反而激起他的好奇心，璃久老實地跟在他背後。

「歡迎光臨！——」
一看到推開門走出來的人物，璃久張著嘴巴呆住了。
「哎呀，今天跟可愛的小客人一起來啊！你好，我叫夏露。」
夏露發現璃久，頂著桃紅色的鮑伯頭假髮，滿面笑容地招呼。
夏露今天在脖子上圍著綴滿了荷葉邊的絲巾，穿著黑色的晚禮服，上頭滿是鮮豔嫩綠色的蜂鳥印花。
「好看嗎？今天的主題是仲夏夜之夢的泰坦妮亞仙后。」
關我屁事！——
雖然被眼前搔首弄姿的人物嚇得說不出話來，隨即注意到屋子裡飄來香味。
「聞起來好好吃。」
「你來得正好，我今天做了很多預防中暑的香蒜糙米飯和烤蔬菜，也有加入小米的披薩給年輕人吃喔。來，請進請進！」
柳田和璃久換上柔軟的拖鞋，走進屋子裡。
「這孩子就是你說的那個孩子嗎？」

夏露回頭在柳田耳邊小聲問道，柳田點頭。

「我想試試衝擊療法。」

「喂，真沒禮貌，我這邊哪裡衝擊了。」

夏露豪爽地提著晚禮服的裙襬消失在吧台深處。

柳田熟門熟路地在吧台前坐下。

璃久還沒從有生以來第一次親眼看到壯漢穿女裝的衝擊裡恢復過來。

「別擔心，那是人類，不會吃了你。」

璃久餘悸猶存地在屋裡四下張望。

由間接照明微微照亮的室內閒適地播放著長笛與豎琴的協奏曲，蠟燭在吧台上的燭台裡閃爍著柔和的火光。

宛如魔法王國洞窟裡的氣氛激起了璃久的好奇心。

「哇啊啊啊！國中生！」

就在下一秒鐘，突然有人從背後頂了他一下，柳田差點從鋼管椅上摔下來。

糟了，忘了還有這傢伙！——

然而已經太遲了。

他還處於備戰狀態，嘉妲已經將璃久抱了個滿懷。

「喂！放開我的學生！」

「怕什麼，我又沒有戀童癖。」

「別說了，放開他！」

柳田幫忙把嘉妲從嚇到發不出聲音來的璃久身上扒開。

「你這傢伙真是完全大意不得……」

「那只是打招呼而已，對吧？」

為了徵得璃久同意，嘉妲再次把臉湊到他面前。

接二連三冒出來的女裝男子令璃久看得瞠目結舌。

「話說回來，如何？今天的主題是仲夏夜之夢的帕克。」

嘉妲在平常的紅色假髮上戴了插有綠色羽毛的帽子，在兩人面前搔首弄姿。

都說關我屁事了！——

柳田在內心嗤之以鼻的同時，身旁的璃久突然開口：

「瑠璃星天牛。」

璃久指著嘉妲胸前的別針。

瑠璃色的翅膀上有三個黑色斑點，做成美麗的甲蟲模樣。

「這種蟲的名字嗎？」

「沒錯。這是日本的雜木林比較常見的漂亮昆蟲代表，通常棲息在白樺樹或楢樹等闊葉林。屬名為Rosalia，是美少女的意思。」

「哇！完全是在說我嘛！你真內行！」

嘉姐興奮地大喊大叫。

「可是，瑠璃星天牛這種美麗的瑠璃色只存在於活著的時候，一旦死掉就會馬上變成紅褐色，不適合做成標本。因為不能做成標本留下，所以經常做成珠寶的形狀。」

璃久口若懸河地說明到最後，面對打扮得像是詭異彼得潘的人妖毫無懼色。

真不愧是生物社的，柳田在內心表示佩服。

「等一下，你好厲害啊。這孩子根本是昆蟲博士嘛。」

嘉姐口中的「昆蟲博士」大概是至高無上的讚美，只見璃久的臉龐為之一亮，與剛才嚇得只會瞪大雙眼的表情簡直判若兩人。

有感興趣的事的孩子最強大了——

柳田靜靜地凝視著璃久突然變得神采奕奕的側臉。

不像大人活在充滿束縛的世界裡，小孩一看到自己喜歡的事物，就會輕易地掙脫那些束縛。

擔任游泳社的顧問時，柳田親眼目睹過好幾次那樣的瞬間。

本來要再三掂量的狀況，只要是自己「喜歡」的事，孩子們就會輕易地打破一般的常識。

「那你過來看看這邊的圖案，我現在正在製作一批昆蟲圖案的禮服，想了解詳細的生態，說不定能啟發我的創意。」

不知不覺被拖進女紅的工作室，受到一群人妖的包圍，璃久依然面不改色，口沫橫飛地開始解說昆蟲的知識：「這是橙端粉蝶、那是烏基晏蜓……」

「真了不起，變成昆蟲博士的開班授課了。」

這時，夏露捧著托盤現身。

屋子裡充滿了令人胃口大開的蒜香味，柳田這才想起肚子餓的事，胃袋隨即發出咕嚕咕嚕的叫聲。

璃久回過頭來，也吞了口口水。

問題是——

「我不吃。」

璃久強硬地說，拒絕夏露把餐點放在桌上。

「咦，為什麼？你不喜歡大蒜炒飯嗎？那改吃小米披薩？」

「……也不要。」

璃久頑固的拒絕讓房間裡變得鴉雀無聲。

「喂，博士。大姊做的料理不僅營養充分又好吃喔，不嘗嘗看太可惜了。」

嘉妲發難，但璃久完全不為所動。

「你這個年紀要是不好好吃飯的話，無法變成好男人喔。」

「那我問你，沒飯吃的人該怎麼辦呢？」

在這之前都很乖巧的璃久突然尖酸刻薄地抬起頭來。

突然受到逼問，嘉妲和柳田都嚇下反駁的話。

令人窒息的沉默彌漫在充滿了蒜香味的房間裡。

「不想吃的話，不用勉強自己吃喔。」

不一會兒，耳邊傳來夏露平靜的聲音。

璃久站起來，走出工作室。柳田連忙追上去。

「喂，三橋。」

即使已經走到店外，璃久依舊頭也不回。

直到剛才都還那麼乖巧老實，一扯到食物，就突然變了個人。這到底是怎麼一回事？柳田充分體會到璃久母親的困惑。

柳田無計可施，只好去商店街的便利商店買飯糰給他。

「你剛才其實很想吃吧？」

璃久不回答他的問題，撕開塑膠膜將飯糰送入口中，烤海苔片發出酥脆的啪哩聲。

「而且你集訓時不也跟大家一起正常吃飯嗎？如果是自己做的飯菜就沒問題嗎？」

璃久還是不回答。

解說昆蟲的滔滔不絕像是騙人的，璃久躲進自己的殼裡。

柳田嘆了口氣，放棄追問。

回家路上，璃久始終默默地吃飯糰。

送璃久回家後，柳田又回到「Makan Malam」。

「這到底是怎麼一回事？」

柳田皺著眉喃喃自語，咬下一口重新放上吧台的烤蔬菜。

先用特製的香菜油醃漬一個晚上，再用烤箱烘烤而成的烤蔬菜不僅份量十足，還有難以想像只是蔬菜的甘甜風味。

厚實的紅椒很清甜，大朵的洋菇充滿彈性，表面烤得酥酥脆脆的馬鈴薯裡頭很鬆軟，除此之外還有玉米、茄子、青椒等夏季蔬菜，琳琅滿目地串起來，五顏六色的外觀也很賞心悅目。

夏露做的菜盡可能不使用動物性蛋白質，柳田平常都會覺得少了點什麼，但實際品嘗過後，又覺得充滿了其他地方吃不到的特殊風味。

最重要的是，吃再多也不會對胃造成負擔，講一句比較沒水準的話——有助於第二天早上的排便。倘若每天都吃這些東西，或許就不會每天早上都被女兒嫌棄「我絕對不要接在爸爸後面上廁所！」也說不定……

「不過，他真是個好孩子。」

見柳田將香氣四溢的大蒜炒飯送入口中，夏露從吧台後面對他說。

「還可以啦。」

不是說便利商店的飯糰不好吃，但他也想讓璃久嘗嘗這道炒飯，可以享受到南瓜籽及松子在齒間彈跳的口感。

「那傢伙集訓時和大家一起正常地吃飯喔。」

「吃了什麼？」

「咖哩和豬肉湯。」

柳田的回答讓夏露陷入沉思。

一聲不響地站在燭光搖曳的吧台後面，再加上晚禮服的蜂鳥圖案好似在黑夜裡振翅飛翔的加乘效果，看起來真的好像妖精王國的女王。

「你知道是什麼原因嗎？」

「怎麼可能，我怎麼會知道。」

在明滅燭火陰影下的笑容好可怕。訂正，不是妖精王國，是妖怪王國。

「話說國中生一下子就會認真動氣呢。」

夏露以感慨良深的語氣說道，柳田停下正舀起大蒜炒飯的湯匙。

不由得感覺已經變成鮪魚肚中年大叔的自己與眼前變成別說年齡，就連性別都模糊難辨的變裝皇后老朋友似乎又變回國中時代穿同一款制服的少年。

不同於歷經大考的高中生，還不曉得怎麼偽裝自己的國中生的確容易認真動氣。就連如今如果沒有勝算，就絕不想站上擂台的自己，也曾經參與過學生會長的角逐。因為只對成績有點自信，即使不符合自己的風格，還是想試試自己的能力。

再加上——有點在意的女同學也在學生會裡也是很大的關鍵。二年級的上下學期和三年級的上學期，一共參選了三次，三次都敗給同一個候選人。

那個對手就是眼前文武雙全、品學兼優，還很英俊的人妖——御廚清澄。

即使已經是三十多年前的事了，每次想起站在高頭大馬，得到所有人的信賴，成為學生會長的御廚身邊那個黑長髮少女的面容，心裡都會隱隱作痛。

而這傢伙居然臉不紅、氣不喘地變成人妖……

怒火愈燒愈熾烈。

「好懷念啊，我們那時候不是也發生了很多事嗎。」

「我早就忘了！」

柳田毫不遲疑地大聲回答。

「是嗎，我還記得呢。當時一中有座走廊黝黑發亮的木造校舍，後院種植著巨大的楠木。你還記得嗎，學生會選舉的時候……」

「閉嘴，那麼久以前的事，誰還記得啊。」

柳田打斷他的話，大口大口地吃著大蒜炒飯。

「這不重要啦，給我茶。我要茶，給我飯後喝的茶。」
柳田將吃完的空盤推到吧台角落，夏露露出寂寥的笑容，站起來。
一中已經沒有木造校舍，楠木也在校舍改建的時候砍掉了。
他們如今已不再是無拘無束的少年。
「世上沒有永恆不變的東西，一中現在已經跟我們當初就讀時完全不一樣了。不僅如此，最近的小鬼好軟弱，讓人難以理解。」
柳田自暴自棄地發牢騷，夏露把裝在Jenggala杯子裡的茶連同一盤淋上柔滑細緻的紅豆泥，剛出爐的蒸糯黍放在吧台上。
「這是糯黍的紅豆湯。能幫體質燥熱的人消除壓力。」
暗紅色的紅豆與明黃色的糯黍令人眼睛為之一亮。
「……可是，真的是那樣嗎。」
「什麼？」
「現在的孩子真的跟我們差那麼多嗎。」
夏露一臉正色地盯著他看，柳田頓時無言以對。
「差很多喔。時代已經和我們那個時候不一樣了。」
結果只能嗤之以鼻地說出這種話。
夏露似乎還有話想說，但只是微微一笑，又站了起來。提起晚禮服的裙襬，消失在吧台後面的廚房。

留下柳田獨自用小木匙舀起色彩鮮豔的明黃色糯黍，送入口中。柔滑細緻的紅豆泥與彈牙的糯黍在舌尖融化。

自然的甘甜風味沁入心脾，吧台深處傳來平靜的聲音：

「最近再找一天帶那孩子過來吧。」

在那之後又過了一個禮拜的黃昏時分，柳田難得提早完成工作，走在商店街上，發現璃久正蹲在補習班前。

璃久一手拿著手機，正在吃麵包。原本專心看ＬＩＮＥ，注意到柳田，立刻關閉程式，將手機藏在背後。

「你又在吃那種東西……」

瞥了璃久吃到一半的麵包一眼，柳田大皺其眉。

「你媽很擔心喔。」

璃久不以為然地撇開頭。

「不只你媽，負責帶你那班的久保老師也一直很煩惱喔。」

「……我三餐都有吃。」

「意思是要我別多管閒事嗎？」

璃久低下頭，沉默不語。

商店街遠處的雲已經染成漂亮的薔薇色了。夏天的雲又白又厚，與夕陽形成美麗的對比。

柳田低頭看著璃久好一會兒，深深地嘆了一口氣。

「算了。」

這時，腦海中浮現出夏露要他再帶璃久去店裡的交代。

「要不要去老師去的那家店？」

「咦……」

璃久回望柳田的眼神有些困惑。

柳田可沒有忽略那雙眼睛裡透露著又怕又想看的好奇心。

「昆蟲的晚禮服大概已經做好了。」

柳田從背後推了他一把，璃久立刻上鉤。

一年級的小鬼真是太好搞定了——

「你先傳簡訊告訴令堂，說你要和老師一起去吃飯。」

「……我已經吃過了。」

啊，失敗了。

「不吃也沒關係，那家店很有趣吧。」

柳田也沒忘記要再叮嚀一次。

「可是，絕對不能告訴你媽那是家什麼樣的店喔。」

別告訴父母——

這句話對國中生或許是一擊必殺的台詞也說不定。

璃久這次也滿心期待地跟著柳田走。

時間還早，「Makan Malam」的招牌還沒掛出來，斑透翅蟬在中庭的大花山茱萸樹幹上唧唧鳴叫。

按下門鈴，「來了！——」伴隨著一如既往的沙啞嗓音，用頭巾包住頭臉的高大身影從門裡面現身。

脖子上圍著絲巾，只在牛仔布襯衫和牛仔褲外面套上一件寬大的圍裙，夏露打扮得很簡單的模樣令身後的璃久看得目瞪口呆。敢情璃久之前都沒發現夏露是男人。

「哎呀！你們來得正好。」

視線停留在柳田背後的璃久身上，夏露拍手說道。

拍手的同時，粉塵飛舞。定睛一看，圍裙和殘留淡淡鬍碴的下巴都沾著白粉。

「實不相瞞，我現在正在準備想給你們吃的料理喔。進來，進來！」

在夏露的催促下，柳田和璃久被帶進吧台後面的廚房。

踏進廚房，香料的味道撲鼻而來。

香味是從瓦斯爐上的兩只大鍋裡發出來的——

是咖哩，絕對不會錯。

撲上薄薄一層麵粉的砧板上堆著看似黃色黏土的東西。

夏露將黏土一分為二，發出渾厚的叫聲，把黏土砸在砧板上。

「喝！嘿呀呀呀！」

甩上好幾次，再揉成一團，只見黏土逐漸散發出光澤。

柳田和璃久受制於夏露的壓迫感，只能心驚膽戰地在一旁靜觀其變。沒多久，夏露拿著已經變得很光滑的黏土轉頭看他們。

「可以請你們幫個忙嗎？這個還挺需要力氣的。看也知道，我手無縛雞之力。」

少騙人了！——

柳田對事到如今才來裝模作樣的夏露嗤之以鼻，但一旁的璃久動了。

「可以啊。」

啥咪?!

璃久極其自然地站到夏露身邊，接過還有麵粉顆粒的黃色黏土，然後——

「喝！哈！嘿呀呀呀！」

兩人一面鬼吼鬼叫，將黏土砸在砧板上。

恕不奉陪。

柳田大為傻眼地提早離開戰線，決定坐回平常的吧台座位，等他們叫完。

過了好一會兒，滿身麵粉的夏露和璃久笑嘻嘻地從廚房走出來。

這樣看上去，璃久只是個天真無邪的一年級小鬼。

「黏土終於玩完了？」

「討厭啦，真沒禮貌，才不是在玩呢。不那樣徹底揉揑，就無法完全發酵喔。接下來是發酵時間，我們先喝杯茶，今天加點小豆蔻吧。」

璃久對茶似乎沒有排斥反應，和柳田一起接過夏露倒進Jenggala茶杯裡的茶。加入香辛料的茶充滿了自然的甘甜風味。

「請問……」

喝完一半的時候，璃久慢條斯理地開口。

「夏露先生是什麼時候變成人妖的？」

直截了當的問題，害柳田差點噴出含在嘴裡的茶。

「這個嘛……好難回答的問題啊。」

夏露倒沒什麼太大反應，直勾勾地正視著璃久。

「不能把我們這種穿著打扮或言行舉止跟性別不一樣的人當成同一種人喔。有人從懂事以來就覺得自己跟自己的性別格格不入，但我不是那種人。」

夏露從吧台的架子上拿出孔雀羽毛的扇子，優雅地往胸前搧風。

「事實上，我和柳田老師是同學喔。我們跟你一樣，以前都是一中的學生。」

「欸……」

璃久驚訝到雙眼圓睜。

「你從那個時候就是人妖嗎？」

「這你可以問柳田老師。」

璃久轉過充滿好奇心的臉，柳田受不了地猛搖頭。

「他那時候很正常喔。」

其實也不是很正常。夏露功課很好，運動也難不倒他，深受男同學和女同學的喜愛，是莫名其妙燃起競爭意識的自己在青春期一次也沒贏過的對手。

「還當過學生會長喔。」

「哎呀，你果然都還記得嘛。當時我和柳田老師啊……」

「我早忘了！」

柳田連忙打斷夏露的話頭。

「那你到底是什麼時候變成人妖的？」

璃久的質問讓夏露再度搖起扇子。

「我是很晚才變成這樣的。正常地大學畢業，正常地進公司上班。不過，我直到現在也不是很清楚，到底什麼才是正常。」

夏露的嘴角掛著笑意。

「我們剛出社會的時候是所謂的泡沫時代，經濟景氣到現在難以想像的地步。我當時在證券公司上班，一個晚上就有好幾億的金額在我手中流來流去，真的很誇張喔。大家都覺得輕飄飄地踩不到地，我也不顧一切地工作、不顧一切地玩樂。」

不知從何時開始，連柳田也專心地聽夏露細說從頭。

再次深刻地體會到，這個男人見識過的世界果然跟在故鄉當國中老師的自己完全不一樣。

「可是啊，有一天我突然發現，不管做什麼都無法得到滿足，不管做什麼都不快樂，可是又不知道該怎麼辦才好，因為……」

夏露摘下頭巾，露出粉紅色的鮑伯頭短髮。

「要是戴上這種假髮去上班，你猜會有什麼下場？」

「會被笑嗎？……」

璃久語帶保留地回答，夏露搖頭。

「如果只是被笑還好，在當時的社會大概會被炒魷魚吧。所以我一直很煩惱。」

望著正以嚴肅的表情專心聽夏露說話的璃久，柳田似乎明白自己為什麼要帶璃久來這家店了。

他雖然嘴上不饒人地說這是「衝擊療法」，但其實不是。夏露有一股吸引人的神奇力量。無論何時何地，只要夏露開口，每個人都會不由自主地傾聽他說話。

柳田過去以為那是因為夏露長相英俊，又是受歡迎的優等生。然而，即使他現在已經變成人妖了，這點依舊和以前一樣。

穿著晚禮服，濃妝豔抹的中年男子除了白天的服飾店，晚上又開了消夜咖啡店，而且還不知不覺培養出一批常客。

柳田如今感覺自己似乎明白箇中的秘密了。

無論對象是誰，夏露的態度始終如一。不管是同年紀的柳田，還是剛從小學畢業，毛都還沒長齊的一年級小鬼璃久。

總是用自己的語言，坦誠地說出自己的想法。

就連教師都不見得能做到這一點。

經常懷疑孩子的理解能力，窺看躲在孩子背後的家長臉色。因此說出口的話永遠都是不痛不癢、毫無建樹的場面話。

孩子才不肯對只會說場面話的大人講真心話。

「可是啊，當我活到所謂人生折返點的年紀，開始思考再這樣下去真的好嗎，認為就算被開除、被羞辱，也想活出自己真正的樣子。」

「所以就戴上了？」
璃久指著粉紅色的假髮。
「沒錯。」
「公司呢？」
「當然待不下去了。過去對我很好的人都離我而去，也給家人造成莫大的困擾。」
夏露對陷入沉思的璃久露出平靜的微笑。
「可是我原本就很喜歡縫紉和做菜，所以能從事這方面的工作，我感到非常幸福。當然也失去了很多東西，再也不能像以前那樣大手筆地花錢，但也找到很多其他的樂趣，交到新的朋友。除此之外，也有像柳田老師這樣，從以前到現在的好朋友。」
「我們不是朋友，只是剛好認識。」
不理會柳田的插嘴，夏露重新綁上頭巾。
「差不多發酵好了，來完成今天的大餐吧。你願意幫忙嗎？」
璃久還沉浸在自己的思緒裡，並未立刻站起。
「當人妖……還真辛苦啊。」
璃久夾雜著嘆息脫口而出的話令夏露莞爾一笑。
「哎呀，不只是我，大家都很辛苦喔。老師也是，你也是，所有人都是。」
璃久不解地睜大了雙眼，夏露抱著胳膊，低頭看他。

「還有，我不是人妖，而是品格高尚的變裝皇后。你給我記好了。」
夏露對還反應不過來的璃久拋了個媚眼，走進廚房。
「哇，膨脹的感覺剛剛好！」
方才夏露和璃久使勁拍打的黃色黏土膨得圓滾滾地躺在砧板上。
接著就連柳田都在夏露的命令下，幫忙把大鍋的咖哩塞進撕開的黏土裡。習慣以後就跟做勞作一樣，感覺很有趣。璃久也心無旁鶩地將黃色黏土揉成球狀。最後把成形的黏土排在鐵板上，放進烤箱，烤得金黃酥脆。
金黃色的咖哩麵包就大功告成了。
「這個放涼以後也很好吃，但是享用剛出爐的美味是幫忙做菜的特權。請用。」
柳田不假思索地一口咬下，璃久一瞬也不瞬地盯著夏露用餐巾包起來遞給他的咖哩麵包。
「怎麼啦，這是咖哩喔。」
夏露以平靜的語氣提醒他。
「皮用的其實是剩飯，是加入薑黃的米麵包，所以要揉捏成形非常不容易。這是Makan Malam特製的黃金米麵包。」
璃久從中間把剛烤好的麵包撕成兩半，加入大塊肉的咖哩冒著蒸氣，從柔韌彈牙的外皮裡探出頭來。

「哦，怎麼著，這裡頭有肉啊！」

「對呀，那邊那個大鍋裡的咖哩是有肉的。年輕人需要動物性蛋白質。」

「那我也要有肉的。」

「你需要控制動物性蛋白質的攝取，給我老老實實地吃這種加了鷹嘴豆的。」

柳田和夏露還在兀自抬槓時，璃久咬下一口麵包。

哦，吃了！——

「完全不一樣……」

璃久在眼睛瞪得有如牛鈴大的柳田面前輕聲嘆息。

「那當然。」

夏露雙手扠腰。

「即使是同樣的咖哩，只要不是調理包，每個人做出來的味道都不一樣喔。我和柳田老師是同學，以前穿著同樣的制服，但現在完全不一樣吧。同樣的道理。」

璃久又咬下第二口、第三口。

「好好吃。」

大概是不經意地脫口而出。

所以馬上又難為情地補上一句：

「因為這是咖哩我才吃的……」

簡直像是說給自己聽的藉口。

柳田不動聲色地與夏露交換眼神。

第二天，趁璃久去暑假輔導，柳田請智子和璃久的母親到會客室一敘。告知昨晚一起吃飯的時候，璃久曾經喃喃自語地說：「咖哩的話就沒問題。」璃久的母親霎時變了臉色。

「咖哩……嗎……」

「您有什麼頭緒嗎？」

柳田與智子迫不及待地追問，璃久的母親微微頷首。

璃久一家曾因父親調職，在仙台的宮城野區住了一年。

「當時剛好發生地震。」

震災後，宮城野區陷入停水停電的狀態，那段期間，璃久一家都是靠公民館提供的飯菜接濟。

「即使管線已經恢復了，但限水限電還是持續了好一陣子，沒有瓦斯，附近的超市也要什麼沒什麼，只好繼續每天去公民館搭伙。」

但公民館提供的飯菜日復一日都是咖哩和豬肉湯，吃到最後連看都不想再看一眼。

「所以我們家這幾年不太煮咖哩。先不說璃久，至少我老公很討厭咖哩……」

璃久的母親用細細的手指捧著臉頰，不安地看著柳田和智子。
「這麼說來……」
智子翻開手裡的教學日記。
「我曾經在班會上和學生一起欣賞《停滯不前的重建之路》這部影片。」
智子邊翻頁，瀏覽日記裡的內容。
「目前不是為了準備東京奧運，人手都被撥到那邊，導致重建災區的建材及工人都嚴重不足嗎？」
柳田也記得那部影片的內容。
由於奧運是整個國家的重點事業，地方都市的知事都為了籌措建材及業者而殺紅了眼。但是在費時費工，薪水又很低的施工現場，遲遲找不到業者願意投入。影片中拍攝到許多至今仍住在左鄰右舍的聲音聽得一清二楚的狹小組合屋裡的長輩。
「找到了！是六月最後一個禮拜的班會。」
六月下旬——與璃久開始不吃母親做的飯菜的時期不謀而合。
柳田與智子和璃久的母親面面相覷。
看樣子，璃久是看了當時的影片，產生某種想法。
「可是我們當時住在仙台市，身邊的朋友應該也沒有人過著組合屋生活。」
璃久的母親茫無頭緒，視線落在日記上。

「那部影片出現的組合屋在宮城縣和氣仙沼市、石卷市、南三陸町、女川町。」

「包括我老公的朋友在內，我們應該沒有認識的人住在那一帶。」

智子與璃久的母親下巴撐在桌上大眼瞪小眼時，柳田胸前的手機震動起來。看了一眼，正巧是璃久打來的。

「失陪一下。」

心裡閃過一股不祥的預感，柳田對智子他們使了個眼色，走出會客室。來到走廊上，按下通話鍵的同時，璃久驚慌失措的聲音撞進柳田的耳膜。

「老師，夏露先生暈倒了！——」

柳田拔足狂奔。

順著坡道往下跑，撥開商店街的人潮，拖著沉重的身體，儘管上氣不接下氣，依舊拖著腳步往前邁進。

夏露——御廚清澄生病了，現在也還在跟病魔對抗。

總是戴著桃紅色的假髮，其實是為了掩蓋因服用抗癌藥物而導致的禿頭。

御廚之所以放棄自己過去擁有的一切，重生為夏露，背後其實是這麼殘酷的事實。

當柳田要他別再出現在自己面前時，夏露默默地摘下假髮。

這是我最後的心願——

看到幾乎光溜溜的腦袋，柳田無法再對突然變成人妖的老友說出任何狠話。

穿過羊腸小徑，超級花稍的衣服宛如跳蚤市場般地陳列在種著大花山茱萸的中庭裡。柳田險些被塞滿所有空隙的高跟鞋絆倒，推開厚重的木門。

「三橋，我來了！御廚，不要緊吧？」

如有需要，他打算立刻叫救護車。

但有個穿戴著水藍色的制服與帽子，素昧平生的年輕男人代替璃久出現在屋子裡。

「哈囉！老師。」

柳田從對方說話的語氣察覺他是嘉妲。

這麼說來，這傢伙平常的確是送快遞的——

「御廚沒事吧？」

「嗯。我利用送貨的空檔過來看了一下，發現昆蟲博士正在照顧大姊，現在已經好多了。」

走進房裡，璃久正一動也不動地守在胸前蓋著披肩，躺在沙發上的夏露身邊。

「三橋。」

「老師！」

璃久倏地抬頭，一旁的夏露也慢慢地坐起來。

「啊，柳田，不好意思啊，還讓你特地跑一趟。我去看醫生，但可能是血糖過低，一到家就暈了。」

夏露用絲巾代替頭巾綁在頭上，臉色看來有點灰敗。

「可是已經不要緊了。嘉姐也來了，還讓這孩子擔心了。」

夏露把手放在璃久肩上。

他的背後掛著以前嘉姐他們做的昆蟲圖案禮服，使用了大量的亮片和珠子，忠實地重現出充滿光澤的甲蟲及蝴蝶的鱗粉光澤。

到底是什麼人會在什麼場合穿這種衣服啊——

柳田完全無法理解，但璃久說他無論如何都想看完成的禮服，所以暑期輔導結束後就一個人來到店裡，進而發現倒在地上的夏露。

「真的不要緊嗎？」

「嗯。只是今天吊的點滴剛好比較容易不舒服，導致血糖不太穩定……」

邊喝著嘉姐為他們準備的茶邊與夏露聊天時，一旁的璃久突然哽咽起來。

「這太不公平了……」

璃久低著頭，咬緊下唇。

「夏露先生光是要當人妖……不是，光是要當什麼皇后已經夠辛苦了，居然還生病，未免也太過分了。」

捧著茶杯的雙手微微顫抖。

「你好善良啊……」

夏露輕輕攬住璃久顫抖的肩膀。

「可是啊，這個世界上沒有誰是完全自由的，每個人都必須扛起屬於自己的重擔。」

夏露以成熟穩重的語氣開導璃久，聽著聽著，柳田突然想起璃久的母親剛才在會客室裡說過的話。

「喂，三橋。」

柳田轉身面向璃久。

「你到底是在顧慮誰才不好好吃飯的？難不成你有朋友住在組合屋嗎？」

應該不至於對搬離東北的事感到抱歉吧。假設璃久對此耿耿於懷，十之八九是因為自己的朋友還留在那裡。

璃久沉默了好一會兒，終於微微頷首。

「祐太還住在組合屋裡。」

「祐太？在仙台的小學一起玩的朋友嗎？」

璃久搖頭。

「祐太念的是氣仙沼的小學。」

「氣仙沼？你是在哪裡認識祐太的？」

柳田一問之下，璃久開始斷斷續續地娓娓道來。

小學二年級夏天，璃久和幾個同班同學參加了在栗駒山舉辦的昆蟲採集營。那是璃久第一次離開學校和父母身邊主動參加的活動。不怕生的璃久在那裡認識許多來自其他學校熱愛昆蟲的小學生，祐太便是其中之一。

東北的闊葉林有許多東京看不到的昆蟲，璃久度過一段非常快樂的時光。沒多久，在半山腰的白樺林迎接午餐時間。由於已經興奮地到處跑了半天，所有人都餓得前胸貼後背。

「可是……我卻把便當打翻了。」

剛坐在木樁上，打開便當蓋，因為用力過猛，飯菜全撒在地上。這時，就連直到剛才還和樂融融、有說有笑的同班同學也都不約而同地撇開視線。

周圍沒有半家商店，大家都擔心因為璃久笨手笨腳，要分出自己的便當給他吃。

又丟臉、又難過、又懊惱，璃久都快哭了。

然而就在那個時候，只有一個少年，大方地遞出自己的便當。

一起吃吧！——

直到今天，璃久仍清楚記得祐太當時的笑容，和那個與自己分享的美味便當。

祐太的母親非常會做菜。璃久只看過自己的母親做成跟炒蛋沒兩樣的煎蛋，當時是他有生以來第一次知道捲成美麗漩渦狀的高湯蛋捲是什麼滋味。照燒鰤魚和煮得鬆鬆軟軟的花豆也都好好吃。

改天見——與祐太分別前，兩人訂下男人的約定。

然而在那之後，再也沒見過祐太。

因為第二年春天就發生大地震，璃久隨家人再度回到東京。

「老實說，回到東京以後，我從未想起祐太……」

然而，班會看的影片一口氣喚醒了記憶。

震災剛發生時的不安、公民館冷冰冰的地板、咖哩的香味。

大人經常為了水的事、食物的事、汽油的事吵得臉紅脖子粗。璃久他們還有家可回，但是也有很多人住在宮城野區的海岸線上，房子都被海嘯破壞了。大人們互不相讓的表情和聲音讓當時還是小學生的璃久顫慄不已。

居然還有人留在那個現在回想起來根本是另一個世界的地方。

影片中出現氣仙沼市的畫面時，腦海中立刻浮現出祐太的笑容。

璃久坐立難安，趕緊打電話給仙台時代的同班同學。已經是國中生的璃久，利用手機的免費軟體輕易地聯絡上他們。

循著這張聯絡網，璃久於是得知祐太的近況。

氣仙沼市受到海嘯的重創，組合屋的建設與用地根本應付不了實際的需求，祐太一家人排在最後的順位，結果只好搬到岩手縣一關市的組合屋。

被迫遠離熟悉的土地，在不習慣的地方生活，聽說祐太的母親生了「心病」，無法工作，也無法做家事。

儘管如此，祐太在ＬＩＮＥ上面的表現依舊開朗，很高興好久不見的璃久與他聯絡，還傳了堅強的訊息「集會所會煮飯給我們吃，所以不要緊」給他。

「怎麼可能不要緊。」

璃久緊握拳頭。

祐太再也吃不到廚藝那麼精湛的母親做的菜了。

「怎麼可能不要緊。」

「喂，你給我等一下。」

璃久深陷在懊悔中，柳田忍不住打斷他的話。

「就算是這樣，你也不能因此就不吃你媽做的飯菜吧。你這麼做有何意義。再說了，重建進度緩慢是大人的責任，輪不到你們小孩子操心……喂！」

正當他一頭熱地說教，冷不防，有個面罩似的東西蓋在他臉上。原來是夏露把胸前的披肩扔了過來。

香水味撲鼻而來，人妖的香味令柳田「嘔呸呸呸呸！」地作嘔。

「老師說的話也有道理。」

夏露堅毅的嗓音迴盪在明亮的屋子裡。

陽光從被大花山茱萸的圓形葉片烘托得綠油油的中庭灑進房間裡，頭上綁著絲巾，臉上脂粉未施的夏露看起來就像是雄偉的人面獅身像。

「璃久。」

夏露嚴肅地面向璃久。

「祐太知道你這麼做嗎？」

璃久默不作聲地搖頭。

「我就知道……」

夏露微微一笑，接著說。

「那麼，換你站在祐太的立場，假如你知道遠在東京的好朋友為你這麼做，你會對他說什麼？」

夏露輕輕地把手搭在一直低著頭的璃久肩上。

「我確實是個人妖，也吃了很多苦，但是從沒想過柳田老師要因為我的緣故也變成人妖。」

「哇哈哈哈！」這時，始終保持沉默的嘉妲彷彿癲癇發作似地捧腹大笑。「這種大叔扮成女裝只會讓人噁心想吐，沒有人想看。」

「你的女裝才沒有人要看呢！」

「你說什麼，要打架嗎？來啊！」

嘉妲脫下帽子，露出平頭的瞬間，璃久突然發出高八度的尖叫聲：

「笨蛋！」

柳田和嘉姮全都大驚失色地看著璃久。

「我一定……會這麼說。」

淚水成串滴落在波斯地毯上。

「我會說……笨蛋，開什麼玩笑……我才不需要這種廉價的同情……」

璃久仰頭朝著天花板，開始放聲大哭。

八月的最後一週。

柳田和智子、高藤帶領著主動說要幫忙的學生前往祐太住的組合屋當義工。暑假的尾聲要企劃出這樣的活動，柳田差點沒累死。

事出突然，作業該怎麼辦？除了這個組合屋以外，還有很多有困難的受災戶，一年級能幹嘛？會不會反而給災區製造麻煩？參不參加是否會影響甄試的成績？學生的安全問題……

家長的抱怨與盤問要是認真面對起來，根本沒完沒了，所以柳田幾乎是不由分說地強行通過。

要不要參加完全是個人的自由選擇，絕對不會對甄試的結果造成影響——

儘管如此，質疑的聲浪依舊不絕於耳。

意外的是，柳田如此強硬的態度，反而得到智子及高藤等年輕教師全面贊成的大力支持。柳田這才發現，他們看起來雖然不食人間煙火，但只要自己先表現出熱情的態度，對方就會給予超乎預料的回應。

還以為個性趨於保守的教務主任居然也幫著說服校長，這也令人跌破眼鏡。

話雖如此，直到出發的前一天，柳田還是必須克服前所未有的重重難關。

購買新幹線的車票、安排從車站到組合屋的接駁巴士、準備學生的午餐等等，要處理的事堆得跟山一樣高。感覺得出來，就連接收義工那方的態度也有著奇妙的溫差。

換作是平常的自己，絕對不碰這麼麻煩的事。

柳田明知這一切終將徒勞無功，依舊被年僅十三歲的璃久想跟祐太同甘共苦的心意打動了。

就算時間再短，就算只有一句話。

只要能觸動內心深處的琴弦，少年就會成為永遠的死黨。

柳田自己其實也有過相同的經驗。

總算把容易失控的一年級小鬼塞進新幹線的車廂，柳田擦了擦汗。智子高聲點名。

坐在往前奔馳的新幹線上，璃久正和鄰座的同學聊得渾然忘我。看到他開心的表情，柳田想起自己堅持已經「忘記」的中學時代。

二年級的上下學期和三年級的上學期，連續競選三次也連續落選三次的學生會長選舉讓少年時代的柳田感到了無生趣。然而，三年級下學期推舉柳田當學生會長的不是別人，正是連續三年打敗自己的御廚本人。

瞧不起我嗎？——

柳田起初是這麼想的。

即使編到同一班，柳田也不曾主動接近總是班上焦點的御廚，交談的次數更是寥寥可數。

儘管如此，御廚在推薦的理由說了：

『柳田是必要時就會出手的人。』

因為他這句話，別人看待自己的眼光從此煥然一新。

柳田肯定是為了甄試的成績吧——

班上同學原本都是用這種眼神露骨地看待自己，自此開始產生微妙的變化。

『而且是一旦決定要做，就會堅持到底的人。』

什麼？真的嗎？

就連柳田自己都難免冒出這樣的問號，但夏露的話從以前到現在都充滿說服力。

既然御廚這麼說，一定是這樣沒錯。

柳田或許真是個人才——

全校開始蔓延起這樣的氣氛。

三年級下學期，柳田成了一中的學生會長。

唯獨心儀的黑長髮副會長喜歡御廚這點無論如何沒辦法改變，自己終究被他玩弄於股掌之間，熱心地為學生會奔走。

『必要時就會出手的人。』

他這句話深深地烙印在自己的心版上。

正因為如此，當他變成「夏露」這個柳田的頭腦完全不能理解的存在之後，自己依舊三不五時會去他店裡光顧。

老朋友風格強烈的女裝扮相固然令他大受打擊，但是拋開一切，對抗病魔，只想誠實面對自己活下去的態度至今仍令柳田打從心裡感到佩服。

每次見到夏露，都會覺得自己不求有功、但求無過的苟且心態有些可恥。

假設今天是柳田站在來日無多的立場，對自己凡事不想惹麻煩的生存之道，到底會作何感想呢。

真的能做到「任何人都會走到這一天」這麼豁達嗎——

曾幾何時，車窗外變成一片鬱鬱蒼蒼的田園風景，智子開始宣讀抵達災區後的注意事項。

「大家都聽清楚了嗎？」智子確認。

「聽清楚了。」「聽清楚了。」一年級小鬼精力充沛地回答。

負責帶伴手禮的璃久也精神抖擻地回答。
伴手禮是夏露親自傳授的米麵包。
請夏露來家政教室，與學生們一起「喝！哈！」地捏麵糰。配合時間、場合、地點，戴上薄針織的帽子，穿著牛仔布襯衫和牛仔褲的御廚清澄跟以前一樣帥，大受家政課老師和智子等年輕女老師的好評。
『你真的是柳田老師的同學嗎？』『好年輕啊！長得好帥！』
冷眼旁觀智子等人眉飛色舞地高聲歡呼，柳田在心裡重複了三遍：「真遺憾！這傢伙的真面目是人妖。」
不只咖哩，還烤了許多其他口味，像是肉醬和馬鈴薯泥、卡士達醬、紅豆泥。
下了新幹線，轉乘接駁巴士，翻山越嶺，好不容易抵達組合屋，好久不見的璃久與祐太互相喊了一聲「喔！」突然像兩隻小狗似地嬉鬧起來。
看到那個樣子，包括柳田在內，智子和高藤也都浮現出滿意的微笑。
再看到年輕老師們臉上充滿了平常在學校很少有機會看到的充實表情，柳田的腦子裡突然閃過一個念頭，不如去考一下教務主任的資格吧。
自己或許意外地適合指導像智子這種年輕教師也說不定。
因為我可是——
必要時就會出手的人。

不高興就會往下垂的嘴角不由自主地浮現出微微的笑意。

說來說去，直到現在我還逃不出那傢伙的五指山也說不定。

有一瞬間在那兩個打鬧成一團的一年級小鬼身上，看到變成鮪魚肚中年大叔的自己和穿著一身蛾子般妖異晚禮服的夏露身影。

無論外表如何改變，本質的部分或許從未變過。

現在的小孩如是，以前的小孩亦如是。

現在的小孩並不特別軟弱。每個時代的小孩都很容易受傷，很容易搞錯許多事。這點不管年紀多大，大概都不會有太大的長進。

柳田雙手環抱在胸前，望著學生的身影，活力四射的笑聲響徹整片組合屋。

少年啊，要有勇氣。

長大成人的路途，遠比你們想像的還要漫長。

第三話

全世界最具女王風範的沙拉

又回到同一個地方了。

已經在車站前的商店街徘徊近一個小時了。

安武櫻拭去額頭上的汗水。

還以為來了就知道的自己實在太天真了，這條商店街再怎麼看都是一條普通的商店街，除了大型補習班以外，沒有任何比較有個性的商店，映入眼簾的淨是到處都有的速食店與便利商店的招牌。

這種商店街怎麼可能會有傳說中「神秘的消夜咖啡店」。

夜夜坐滿了常客，網路上也查不到資料，開在深夜的消夜咖啡店。

掌握到這個資訊時，櫻確信這家店將成為他這次接到的案子「私房咖啡店」特輯的焦點。

話說回來——今年的秋老虎真不是蓋的。

櫻抬頭仰望被西斜的太陽染紅的九月天空。

心情已經想換上秋裝了，但是考慮到採訪調查必須跑來跑去，只得打消這個念頭。外包的寫手不可能有閒錢坐計程車，只能靠自己的雙腳奔走。

像現在就跑得汗流浹背。果然還是得仰賴在量販店大量購買，強調快乾性的襯衫才行。

不期然，櫻留意到腳邊有隻蟬的屍體。細細的腳緊緊地蜷縮起來，已經乾到不能再乾。

今年的夏天也要結束了。

寂寞突然湧上心頭。第二十七次的夏天也沒發生任何特別的事。為了趕在盂蘭盆節放假前交稿，忙得焦頭爛額，真正到了盂蘭盆節也沒閒著，還是跟平常一樣兵荒馬亂，一轉眼，七、八月已經結束了。

這隻蟬是否充分地享受過這個夏天呢……

櫻還沉溺在感傷的思緒裡，蟬的屍體被直衝而來的腳踏車輾過，飛到柏油路上。感覺就連傷春悲秋的情緒都受到踐踏，櫻瞪了揚長而去的腳踏車一眼，可惜騎著淑女車的瘦弱男子根本沒發現自己壓到蟬，一臉雲淡風輕地愈騎愈遠。

不知不覺間，西斜的太陽開始變成了夕陽。天氣依然炎熱，唯有日照長度確實變短了。

回過神來，櫻已然走到商店街外圍。

前面只有一棟看上去很老舊的獨棟房子和公寓，巷子裡塞滿空調的室外機和塑膠桶，實在不像有商店開在這裡。

櫻用手機確認時間，嘆了一口氣。其他非處理不可的案件堆積如山，不能繼續在這裡浪費時間了。

櫻轉乘私鐵和地下鐵，回到新橋。傍晚的新新橋大樓前廣場都是中年男子。倘若這是一個鍋子，肯定馬上可以煮出一鍋紅燒中年男子。

問題是誰要吃那種東西……

櫻被自己的想像力笑翻，走進掛滿個人信貸、賽馬新聞、香菸等廣告招牌，在某種程度上概念還算一致的住商混合大樓。

搭電梯上到九樓，走進辦公室。早已過了下班時間，但幾乎所有的同事都還對著幾乎被資料淹沒的電腦。

工作型態類似自由接案的櫻本來就沒有準時下班的概念。

「安武，如何？找到那家傳說中的消夜咖啡店嗎？」

早生華髮的總編輯從堆得像一座高牆的資料對面問他。總編每週有三天會在辦公室過夜，辦公桌附近被稱為「腐海」[8]，生人勿近。

「線索太少了，我改天再去。」

「改天再去也不是不行……」

總編用扇子搧臉，皺著眉頭說。

「要是一直找不到的話，就得趕快放棄，提出替代方案，截稿日是不等人的。聽清楚了嗎？我們能接到工作就要偷笑了，沒辦法讓你慢工出細活。」

總編耳提面命了一番，又潛回腐海深處。

不只總編輯，周圍搧扇子的聲音不絕於耳。九月以後，一過晚上七點，大樓管理員就會毫不留情地關掉冷氣。

在秋老虎發威的季節加班簡直是人間地獄。對面的同事只穿了一條運動褲，盯著電腦。

櫻坐在辦公桌前，打開自己的電腦。

打開收信軟體，檢查未讀的電子郵件。最近的客戶都懶得整理重點，直接將公司裡的電子郵件用副本寄給他。

原封不動地甩鍋。

不看內容就不知道是哪裡丟出來的案子，非常浪費時間。所以就連微不足道的案件，都必須加上「重要」的標籤。

餓死了，櫻暫時放開滑鼠，拿起回公司路上買的東西。

當便利商店的飯糰成為每天的晚餐，吃到最後就會只選擇梅子和昆布這兩種口味。不是味道的問題，而是吃起來的方便性。

盯著電腦螢幕，機械式地咀嚼昆布飯糰，發現由專科的母校寄來的電子郵件混在客戶們的信件裡。

8. 日本動畫大師宮崎駿的作品《風之谷》中充滿瘴氣、巨大昆蟲的菌類森林。

打開PDF檔，自己笑容滿溢的照片映入眼簾，櫻硬生生地吞下咀嚼到一半的飯糰，下意識左顧右盼，同事們光是自己的業務就忙不過來了，根本沒人有空窺探隔壁的電腦。

照片的正上方印有「敬邀學長姊」的標題。

櫻有點後悔，果然不該接受公關刊物的採訪。

留在母校教務處的學弟妹來拜託，實在無法拒絕。

櫻畢業於媒體方面的專門學校，位於澀谷高級地段，玻璃帷幕的高層校舍在網路上被譏嘲為「Wannabe大樓」。

Wannabe從英文的want to be轉化而來，是用來嘲笑、揶揄想成為大人物，內心充滿憧憬的年輕人做夢比較快的俗語。

根據「敬邀學長姊」的報導，畢業於媒體科的櫻**如願地**成為寫手，大展拳腳。

瀏覽報導的內容，不禁輕聲嘆息。

自己確實成了寫手。

翻開腳邊堆疊成一座山的雜誌，隨便翻都可以看到自己寫的報導。

可是，版權頁上並沒有櫻的名字。

只有櫻的客戶，也就是大型出版社的編輯才能在雜誌最後的版權頁掛名。

一開始找工作的時候就發現了。追根究柢，早在從專門學校畢業的那一刻就已經沒有希望進入大型出版社了。不管別人怎麼說，這個社會畢竟還是學歷至上。事實上，大型出版社也只錄取從一流大學畢業的應屆畢業生。

櫻如今已深刻地體認到這個事實。

儘管如此——

自己卻因為拒絕不了負責公關的學弟妹，成為壓榨高額學費的幫兇，蠱惑與過去的自己一樣純樸的新生。

寫手。這個頭銜並沒有騙人。

但櫻只是隸屬於外編單位的約聘寫手。

窩在晚上七點過後就會關掉冷氣，還有蟑螂與老鼠到處橫行的住商混合大樓裡，背後是掛著個人信貸的廣告招牌，什麼都看不見的窗戶，依照客戶的要求，每天振筆疾書到深夜的寫手。

『工作是很辛苦，但是看到自己寫的報導印成鉛字，會覺得很有成就感。』

爽朗的笑容底下是聽起來毫無破綻的台詞。

就連他也不確定，自己真的講過這種話，還是學弟妹重新潤飾過的業配文。

『能接到工作就要偷笑，沒辦法讓你慢工出細活。』

想起總編剛才的耳提面命，櫻正要伸向梅子飯糰的手停在半空中。

騙子……

櫻趕緊關掉檔案，消除自己的笑容。

第二天，櫻在老字號大型出版社的大廳角落等編輯。大廳中央有個像地下鐵改札口的閘門，警衛站在兩邊。從剛才就一直有打扮入時的男男女女，持員工證刷過閘門感應器，颯爽地消失在盡頭的梯廳。

櫻看了手錶一眼，從對方用內線電話告訴他「我馬上下來」到現在已經過了十五分鐘。不過這個編輯從來不曾照約好的時間準時出現過。

但總比在大太陽下走來走去來得好，櫻在冷氣開得很強的大廳喘過一口氣。

「抱歉，讓你久等了。」

耳邊響起悅耳的嗓音。

這次的客戶——助川由紀子背上圍著披肩，宛如揮舞著蝶翼翩然現身。每次開口第一句話都是「抱歉」，但櫻心裡很清楚，他其實半點歉意都沒有。

「哪裡，百忙中還來打擾，是我不好意思。」

櫻行禮致意，由紀子立刻在對面的沙發坐下。

「沒什麼時間，可以直接在這裡聊嗎？」

由紀子以不由分說的語氣問道，櫻點頭同意：「好的。」

這家出版社頂樓有個很大的咖啡座，聽說從那裡可以將附近的小石川後樂園盡收眼底。不過，自從由紀子開始發案給他，櫻連一次都沒進入中央的闇門過。

自己被當成什麼等級的對象，櫻心裡有數，也很清楚由紀子並沒有惡意。對他們來說，外編的約聘寫手連名字都沒有被記住的價值。

無意的侮辱比有意的忽略更惡劣、更令人恨得牙癢癢。

然而，也不能在這種地方敗下陣來。由紀子是櫻目前最肥的客人。

能接到華麗麗、閃亮亮的大開本女性時尚雜誌發的案子是很難得的機會。櫻至今寫的報導不是鎖定男性讀者的資訊雜誌就是免費刊物，所以總編分配這個工作給他時，櫻高興得差點跳起來。

即使明知自己的名字不會出現在版權頁上。

從可以裝進Ａ４文件的大皮包裡拿出檔案夾，櫻將其攤開在自己的膝蓋上，開始報告進度。

由紀子微微挑著細緻的柳眉，側著身體聽他報告。

染過頭變得有點不自然的黑髮、鬆垮的雙下巴、陷入粗短手指的結婚戒指。

印象中，他說自己有個兒子。

由紀子大概以為自己是所謂的「美魔女」，但完美的妝容依舊無法掩飾年近五十的實際年齡。

只不過，輕柔的絲質披肩、擦得亮晶晶的高跟鞋，是必須提著沉重行李，揮汗如雨地走在烈日下，在柏油路上一步一腳印前進的櫻無論如何都買不起的東西。

這一切都代表由紀子贏得可以整天待在冷氣開得很強的辦公室，只需要踩在光可鑑人的走廊上工作的機會。

既是母親，又是妻子，還是女強人，想到的一切都得到手了。

和自己根本沒有可比性。

明明都是日本人，被稱為泡沫時代的這些人與自己的起跑點怎會差這麼多。

「嗯……該怎麼說呢……」

櫻說明完一遍後，由紀子細緻的柳眉愈挑愈高。

「這些都是別處已經介紹過的店，沒什麼『私房』的感覺耶。」

一點都沒錯——櫻也有同感。

目前答應接受採訪的都是曾經出現在其他媒體的店。

「這次的第二特輯再怎麼說都是『私房咖啡店』，所以希望介紹給讀者的是其他女性雜誌還不曾報導過的店。」

櫻盯著自己的腳尖聽由紀子說話。

重視功能性重於一切的厚底休閒鞋從長褲的褲管探出頭來，趾尖的部分已經有些磨損了。

「可以請你們再加把勁嗎？我是聽說安武小姐對於開發新商家很有一套，才把這次的工作交給你。」

由紀子蹺著二郎腿，不知長時間走在柏油路上為何物的高跟鞋蜻蜓點水地在地板上滑過。

櫻看著眼瞼用金屬色眼影刷得閃閃發光的由紀子眉頭深鎖的表情，感覺自己活像站在蝴蝶面前的螻蟻。

當然，在螻蟻的世界裡也是工蟻。

再怎麼努力工作，也無法脫穎而出，能代替自己的人要多少有多少，就算被踩扁，也不會影響到任何人。

「那就請你再加一把勁了。」

由紀子甩動披肩，消失在閘門的另一邊。櫻默默地盯著他的背影好一會兒。

「辛苦了！」

與眾人舉杯，櫻一口氣灌下半杯透心涼的生啤酒，穿過喉嚨的苦澀，爽快到令人難以抗拒。

「真是海量。櫻，你該不會累積了很多壓力吧。」

「是累積了很多壓力啊！」

「果然沒錯。」

那天晚上，櫻在新橋烏森口的居酒屋與高中時代的老朋友芳本璃奈敘舊。

「不好意思啊，璃奈。約你來新橋這種滿是大叔的地方。」

講到後半句還是不免壓低了音量。以便宜為賣點的居酒屋坐滿了中年男子，放眼望去，除了櫻和璃奈以外，沒有半個年輕女性。

「沒關係，沒關係，汐留或銀座太傷荷包了。」

「說得也是。」

話雖如此，但璃奈還是在汐留上班——櫻邊啃毛豆邊想。

距離很近，但汐留與新橋是兩個完全不同的世界。

璃奈目前是矗立於汐留的某大型廣告公司約聘員工。據他所說，雖然在人人稱羨的超高層辦公大樓裡上班，每年都要面臨續約考驗的狀況依舊令他感到前途茫茫。

「可是啊，說是這麼說，但璃奈每天都能邊工作邊從擦得亮晶晶的窗戶俯瞰東京灣及濱離宮不是嗎？」

編輯部的住商混合大樓則是窗外掛滿廣告招牌，連一小塊景色都看不到。

想起由紀子消失在鬧門那頭穠纖合度的背影，櫻的語氣帶了些許彆扭。

「從這個角度來說，確實是還不錯的工作環境……」

璃奈老實地承認這點，表情蒙上一層陰影。

「另一方面，約聘員工的生存競爭也很慘烈。」

包括當派遣員工的經歷在內，璃奈在現在這家廣告公司工作已經過了三年。

也有錄取正式員工的考試，但是自從資深的女性約聘員工連續三年失敗以後，同一個團隊的約聘員工之間就產生了不能跳過他參加考試的不成文規定。

「我們組的約聘員工全都是女生，所以這種人際關係真的很麻煩。」

每天一定要一起吃午餐，互相牽制，以免有人偷跑。

聽到主導這一切的資深約聘員工正和公司中樞的組長搞外遇時，櫻「欸欸欸欸！」地尖叫起來。

「豈有此理，根本是狐假虎威嘛。」

「可是不只是他，其他人大概也都是這種感覺。不是靠走後門進來，就是有什麼董事當靠山，不外乎這些。我深深覺得在大公司裡，比起工作能力好的人，反而是有關係、長袖善舞的人才能活下來。目前都沒有會一馬當先嘗試新事物的上司，工作也都一成不變，很無聊……」

璃奈說他經常感覺自己就像住在空中樓閣裡。

一成不變的工作無法成為業績，也無法保證自己能永遠待在同一個職場。正因為如此，才沒有勇氣跳過前輩，參加正式員工的考試。

「萬一沒考上，肯定會成為眾矢之的。」

璃奈一口氣喝乾杯子裡的啤酒，仰天長嘆。

「話雖如此，我也沒勇氣離開那裡。」

璃奈用指尖把玩毛豆殼說：「所以我也沒資格笑人家因為無法成為正式員工，就淪為組長的情婦。」

就算是借來的，一旦穿上人人稱羨的華服，大概就無法再穿回量販店的襯衫了。

「可是啊，璃奈目前正在考慮結婚的事不是嗎？」

傾盡全力找對象的努力終於開花結果，璃奈目前正以結婚為前提和印刷公司的業務員交往。

「是這樣沒錯，但婚後也不能不工作。一問之下才知道，他的公司只是鄉下小工廠。理想和現實完全不一樣呢。」

璃奈的口紅已經掉了，大大地嘆了一口氣。

看來璃奈也有很多壓力。

璃奈從以前就是優等生，畢業於橫濱有名的大小姐學校，聽到連他都無法在應屆畢業那年成為正式員工時，櫻深深地感受到時代的嚴峻。

平成元年出生，世人都稱他們為寬鬆世代，但櫻本人一點也沒有這種感覺。

自從有記憶以來，日本就一直不景氣。

櫻上小學時，終身雇用制已經變成鏡花水月，父親生怕被裁員，因此婚後就辭職在家相夫教子的母親也開始兼差。

失落的二十年——這二十年概括了櫻的半輩子。

過去建立的一切正逐漸失落的時代。已經呈現飽和狀態的東西滿溢出來，只剩下巨大的容器。

簡而言之，他們其實是虛有其表的時代。

繁榮之後的衰退期，沒有任何可以握在手中的東西。老家沒有財產，也沒有固定的工作，工作的收入不高，與自己同樣薪水不高的男人不中用，沒有任何人保證將來能穩定過日子。

自己對每個人都能過得還算富裕的泡沫時代一無所知。

「城之崎主任還在的時候，工作還比較有趣。」

當璃奈口中冒出這個名字，櫻總算六神歸位。

「對了，你和城之崎小姐聯絡上了嗎？」

下意識地探出身子詢問。

「聯絡上了。」

璃奈柔柔地搖頭，將分裝好的小魚乾沙拉放在櫻面前。

「他還是不肯透露比上次更多的線索。」

「這樣啊……」

櫻大失所望。

城之崎塔子——璃奈以前的上司。在總是將第一線的工作原封不動丟給外包公司的大企業裡，據說是唯一一個從構思企劃的階段就親力親為的設計師。

今年五月選擇提早退休，目前在上海沿海地區的「智能都市」擔任顧問。

『你看這個，這就是所謂的人才外流喔。』

上次與璃奈見面的時候，他讓自己看了鎖定女性讀者的商業雜誌專訪。

『主動選擇提早退休的人，通常都是能單打獨鬥的人。現在我們公司的上司淨是些什麼也不做的老頭。』

對璃奈的長吁短嘆置若罔聞，櫻的注意力被接受採訪的女性炯炯有神的目光吸走了。背後是上海的夜景，城之崎塔子臉上露出神采奕奕的笑容。

那個年代的人很容易濃妝豔抹，但城之崎塔子只是薄施脂粉，給人的印象很清爽俐落。並非華而不實的彩蝶，而是英姿颯爽地破空而去的蜻蜓。

接下在蒐集私房咖啡店的資料，打算撰寫成報導的案子時，櫻第一個想到的就是城之崎塔子的專訪。

專訪中寫到有家「店」給了城之崎塔子轉換跑道的勇氣。

夜夜坐滿了常客，網路上也查不到資料，開在深夜的消夜咖啡店。

據說那家咖啡店提供晚上十一點以後吃也不會對腸胃造成負擔的美味料理和能讓身心同時感到放鬆的飯後茶。

「當我想起那篇報導，覺得那家店肯定能成為這次特輯的焦點。」

櫻用筷子攪拌璃奈分裝給他的小魚乾沙拉，仰望低垂的天花板。

擔心一開始就表明要採訪可能會讓對方退避三舍，於是透過璃奈詢問城之崎塔子，藉口說自己想去見識一下，請他透露地點。

沒想到真正的「私房景點」門檻比想像中還高。

根據塔子的回答，因為店裡都是常客，與老闆討論的結果，只能透露商店街的名稱和那條巷子的線索，要是這樣還能找到，表示有緣；要是找不到，就表示無緣，請櫻放棄，條件十分嚴格。

「可是啊……」

請璃奈再向對方美言幾句，依舊問不出比上次更多的線索。

櫻心不在焉地咀嚼小魚乾沙拉，璃奈突然想起什麼似地，狡黠一笑。

「其實還有一句附註。」

「什麼？什麼？什麼附註？」

「這也證明我曾經是他優秀的部下，要感謝我喔。」

璃奈洋洋得意地舉起酒杯。

「知道了，這頓我請。」

櫻趕緊為一口喝光啤酒的璃奈再點一杯。

受到太平洋高氣壓尚未遠颺的影響，隔週也熱到不行。

明明已經是九月的最後一週了，豔陽與悶熱的程度就跟盛夏沒兩樣。

光是走在路上，皮膚就好痛，甚至讓人陷入身體是不是要開始融解的錯覺。

這次一定要——

然而連高溫也無法阻擋櫻前往商店街的氣勢。

手裡拿著手機地圖，仔仔細細地繞遍每一條巷子。從大馬路轉進來，商店街轉眼間就變成林立著木造平房和公寓的住宅區。

繞了半天，結果又跟上次一樣，繞到商店街外圍。

再看了一遍，依舊不覺得前面會有商店。

可是如果就此放棄，只是重蹈上次的覆轍。

目光不經意地停留在僅容一個人通過的羊腸小徑。

櫻下定決心，踏進擺滿塑膠桶和室外機的巷弄。

走到一半，柏油路變成石子路，沐浴在室外機噴出的熱氣裡，感到一陣暈眩。

果然還是找不到——這種地方怎麼可能會有商店。

正當他想放聲大喊的時候，冷不防有個黑黑的東西從腳邊竄過。

是隻虎斑貓。只一瞬間，踩著輕盈腳步往前走的貓轉過頭來看了櫻一眼。對上眼的瞬間，貓咪不屑地面向前方，一溜煙地跑掉了。

櫻彷彿受到指引地在巷子裡前進。羊腸小徑意外深邃。

不多時，前方出現一抹綠意。

巷子盡頭矗立著獨棟房屋，有個小巧的中庭，發現中庭的正中央有一棟圓形綠葉長得很茂盛的大花山茱萸時，櫻差點鼓掌叫好。

『標誌是中庭的大花山茱萸。』

這是城之崎塔子附註的線索、追加的情報。

然而走近一看，櫻又懵了。

獨棟房子確實很像商店，但怎麼看都不像賣吃的。

插著孔雀羽毛，具有光澤的禮服、釘滿亮片，有如魚鱗的絲質襯衫、鑲滿了閃閃發光的施華洛世奇水晶，彷彿被雷打中的披肩。

狹小的空間裡擺滿了花稍至極的衣服和高蹺般的高跟鞋。

到底有誰會買這種衣服……

純粹出於好奇心地盯著看，眼角餘光瞥見掛在大花山茱萸樹枝上的招牌。

『舞蹈用品專賣店　夏露』

原來如此。舞蹈用品啊。

既然是舞蹈用品，櫻就能理解了。可是這麼一來，這裡果然不是賣吃的。

商店街、巷子裡、大花山茱萸。明明條件都已經湊齊了。

總之先問問店裡的人再說，正當他走近中庭外的門——

大門突然開啟，有個西裝筆挺的男人被推出來，櫻差點跌個四腳朝天。

「別再來了，你這個討人厭的房屋仲介！」

把男人轟出來的人物映入眼簾時，櫻徹底無言。

戴著大紅色假髮的人妖正雙手扠腰，扯著渾厚的大嗓門鬼吼鬼叫。

「看什麼？」

還沒回過神來，人妖的視線凌厲地射過來。

「你是誰？」

被連珠砲似地破口大罵，櫻嚇得動彈不得。

「你也是房屋仲介的人嗎？需不需要每天照三餐來問候啊！」

呼應紅髮人妖的怒吼，戴著五顏六色假髮的人妖紛紛從店裡跑出來。

「哼，這次是女人嗎？」「女人也好，男人也罷，結果都是一樣的。」「就是說啊！」「真是有夠煩的。」「別再來妨礙我們做生意了。」「惡魔！」「惡靈退散！惡靈退散！」

莫名其妙受到人妖圍攻，櫻只能一頭霧水地逃離。

同是天涯淪落人，櫻與被趕出來的西裝男子一起回到車站。

「真是的，那裡的人妖好可怕。」

走在前面的男人咬牙切齒地說，拭去額頭上的汗水。

年齡看上去大概三十到三十五歲，穿著很高級的西裝，看來房仲業很賺錢。

「請問……你聽說過那附近有家咖啡店嗎？」

男人貌似已經去過那家店好幾次，櫻抱著姑且一試的心情問問看。

「什麼？咖啡店？」

男人聞言皺眉。

「沒聽說過。我去過好幾次了，那只是家專賣人妖衣服的店。」

許是氣急敗壞，男人的口吻十分粗魯，對於自己害櫻掃到颱風尾也被趕出來一事毫無愧色。

櫻有些火大，終究忍下反唇相識的慾望。

剛才的人妖相當沒禮貌，但這個男的也絕非善類。

察覺到男人瞥了從西裝袖口滑出來的勞力士手錶一眼，櫻不動聲色地與男人保持距離。最好別太靠近年紀輕輕卻穿金戴銀，看起來很野蠻的男人。

透過連戰連敗的聯誼，櫻已經培養出這方面的直覺。

話說回來，原來是專門賣給人妖的服飾店啊。

難怪會有那麼巨大的高跟鞋、那麼多奇奇怪怪的禮服。

櫻輕聲嘆息。

看到城之崎塔子提示的大花山茱萸時，還以為找到了。

看樣子，那裡並不是自己要找的店。

真遺憾——

果然還是無緣，櫻很失望。

那天晚上，櫻難得沒回編輯部，直接回家。

連續三天加班到深夜，櫻的身體已經受不了了。

或許是靠近生理期，早上起床，下巴冒出大顆青春痘，大概是荷爾蒙失調，青春痘又紅又腫，還熱熱的，一碰就痛，更煩的是每次照鏡子都會覺得心情低落。對女性而言，皮膚狀況會反映出內心的狀況。

想去一趟超級市場，但實在沒有體力再走到車站另一邊，結果只好去附近的便利商店買了海苔便當、發泡酒和配酒的零食。

回到一個人獨居的住處，看電視配海苔便當，為睽違三天的浴缸注滿熱水。即使一體成形的浴缸小得可憐，只要能泡在熱水裡，還是比淋浴更能消除疲勞。

蜷縮著身體泡在浴缸裡，抬頭仰望浴室發霉的天花板，櫻突然好想念老家的不鏽鋼浴缸。

明明是只要跳上特快車，不到一個小時就能回去的距離，但櫻上次回家已經是過年的事了。

因為就算回家，母親也不是很歡迎筋疲力盡，什麼也不想做的櫻。

如果是在靜岡工廠上班的弟弟回去，母親肯定會舉雙手雙腳熱情歡迎，長女真是吃虧——櫻把長出青春痘的下巴浸泡在熱水裡，閉上雙眼。

自從櫻跑去念媒體方面的專門學校，父母就認定自己是任性的女兒。

櫻和弟弟一樣在工作，但不管再怎麼努力，都無法改變父母認為自己「恣意妄為」的看法。

不是還有更重要的事嗎？——

母親曾經一臉不悅地直接挑明了說。

再想下去只會搞得自己不開心，櫻決定盡量不要想起老家的事。

洗完澡，打開發泡酒的拉環，心情稍微愉快了點。

咕嘟咕嘟地暢飲發泡酒，將配酒的零食放進嘴巴裡。明知這樣會變胖也無法停止。

邊看電視邊剪腳趾甲，桌上的手機震動起來，液晶螢幕顯示是璃奈打來的。

「櫻？你現在方便講話嗎？」

「方便啊。我已經回到家了。」

看了一下時間，十一點多。調低電視音量，櫻移動到房間收訊最好的陽台旁。

「你聽我說，琢磨今天……」

璃奈起初還有些顧慮，得知櫻在家以後，立刻打開話匣子，滔滔不絕。

上週喝酒的時候也聽他說過和男朋友已經開始具體討論結婚的細節。

然而一路聽下來，發現璃奈對男朋友似乎有很多不滿。

「他居然要我婚後辭掉現在的工作喔。」

「要你在家當全職的家庭主婦嗎？」

這原本是璃奈的心願不是嗎。

「才不是。」

璃奈發出近似悲鳴的叫聲。

「他要我繼續工作，但是要比現在『有所節制』。」

「什麼意思？」

「對吧？很莫名其妙吧。」

原來是在舊社區的印刷工廠上班的男朋友，不喜歡未來的妻子在沿岸的高級辦公大樓工作。

「他說這樣傳出去不好聽。」

「這種事有誰要聽啊。」

聽著聽著，櫻也覺得心裡有一把火燒了起來，發泡酒頓時變得難以下嚥。

「對吧？很過分吧。叫我辭掉現在的工作，又要我婚後繼續工作喔。這不就變成只有我要犧牲嗎。就算不換工作，婚後光是要做的家事就多出一倍，為什麼還要逼我換工作？」

「根本不用理他啊。」

「可是我這份工作畢竟只是約聘，不能請產假和育嬰假。前陣子我還被他媽叫出去訓了一頓，說現在的制度已經很完善，要我找一家可以請產假和育嬰假的公司。」

櫻愈聽愈不是滋味。

讓女性一展長才的社會、可以放心生兒育女的環境、女性的活躍、女權的邁進……話說得再好聽、表面粉飾得再太平，即使是二十一世紀的今天，社會的本質依舊與遠古時代沒什麼差別。

工作、生產、別太出風頭……

愈是面對現實，愈能看見露骨的本質。

而且這顆毒瘤之所以如此根深柢固，身為母親的人也都推了一把。即使是對自己的女兒比較寬容的母親，為了捍衛兒子的權利，犧牲媳婦也在所不惜。仗著原本就比較保守的社會和自己站在同一邊，說得義正詞嚴的同時，完全沒有想到自己的媳婦也是別人的女兒。

想起就連對自己的女兒，母親也能一臉不悅地說：「不是還有更重要的事嗎？」

櫻覺得心寒。

「他媽還說：『**我們家的**琢磨也會幫忙做家事啊。』」

自以為皇恩浩蕩地強調已經教會兒子做菜和打掃。

最後則是不由分說地以「你比我年輕的時候好命多了」強行劃下句點。

「當他認為家事是『幫忙』的那一刻，我就覺得這下沒救了，更不要說什麼『我們家的琢磨』。」

璃奈的語氣透著悲愴。

女人本來就沒有豁達到希望下一代不要吃自己吃過的苦。櫻從母親對待自己和對弟弟的態度差異經常可以感受到這一點。

就連親生母親都這樣了。

更何況是將成為婆婆的人，不難想見對方的標準有多嚴苛。

璃奈目前還住在家裡，是父母捧在掌心的獨生女，肯定無法忍受這麼明顯的差別待遇。

問題是，櫻也知道璃奈雖然對他大吐苦水，卻也不打算放棄嫁給男朋友。

因為再刻薄的社會，只要能巧妙地融入其中，就不會受到更進一步的輕蔑。

從小就是優等生的璃奈並不打算跳脫社會的框架。

正因為如此，當櫻**恣意妄為**地工作時，璃奈則是虎視眈眈地尋找結婚對象。

「可是啊，櫻真的完全沒有這方面的困擾嗎？」

璃奈拐彎抹角的試探就是最好的證據。

「沒有喔，完全沒有。」

將罐裝發泡酒放在桌上，櫻搖搖頭。

試探比吐苦水更令他不耐煩。

「真的嗎？都沒有喜歡的人嗎？」

「討厭的男人倒是要多少有多少。」

櫻自暴自棄地說，手機那頭傳來璃奈的笑聲。

隔著手機傳來高八度的笑聲裡隱含著無意識的優越感。或許璃奈認為比起櫻，自己還好一點也說不定。

「可是，櫻能從工作中得到成就感嘛。」

大概是為了掩飾隱隱透露的優越感，璃奈轉移話題。

「對了，消夜咖啡店的進度如何？找到了嗎？大花山茱萸。」

能在快要擦槍走火的時候轉移話題，璃奈真的很聰明。要是繼續散發優越感，女人的友情就要不保了。

「說到這個……」

櫻也重新握緊手機，放下頓時對璃奈感到不爽的念頭。

「發生了很可怕的事喔。」

櫻的話術從學生時代就很高明。

高中時代，自己說的話若能引來璃奈和同學的哄堂大笑，櫻也會覺得很滿足。這次也依照時間順序，把自己尋找那家店時，誤闖人妖服飾店的來龍去脈說得很好笑。

當他說到戴著大紅色假髮的人妖雙手扠腰，出現在自己面前，璃奈笑得幾乎都快抽筋了。

「這是什麼，怎麼可能！」

這次的笑聲沒有微妙的算計，完全是真的被櫻的話吸引，橫膈膜忍不住震動的笑法。

仔細想想，人生有幾次機會能遇到戴著大紅色假髮的人妖。不知不覺就連櫻也一起笑到流淚。

「啊！好好笑……笑完以後，感覺又能打起精神來了。謝謝你，櫻。」

璃奈最後從話筒那邊傳來的感謝是很真實的心意。

其實早在打電話給他以前，璃奈就已經拿定主意了，這通電話無法解決任何問題，更無法讓事情好轉，但如果和自己通電話能讓朋友心情變好，也未嘗不是一件好事。

櫻帶著幾分滿足的心情掛斷電話。

喝了一口已經不冰的發泡酒，走到陽台上。

白天還熱得跟夏天沒兩樣，一到晚上，氣溫驟降，即使站在狹窄的陽台上，也能感受到秋風的涼意。鱗次櫛比的高樓大廈對面隱約可見檸檬形狀的月亮。

在比現在更不起眼的職場工作，家事增加一倍——

不管是可能會說「那又怎樣」的母親，還是對母親言聽計從的兒子，自己絕不要那種婚姻——櫻仰望高掛在狹窄夜空中的月亮。

更重要的是，嫁進那種家裡要是生不出小孩，日子可就難過了。

就連棲息在腐海，如同白髮鬼的總編輯一喝醉也會開始嘮叨「沒生過小孩的女人無法獨當一面」這種無稽的長篇大論。原來只要幾杯芋燒酎就能輕易地剝下平常崇尚自由，自稱媒體人的假面具。

但璃奈還是認為活在那個世界比較好吧。

再說了，在那種徒有其表的地點上班，想要利用結婚辭職的想法本身就想得太美了——櫻不禁有些看好戲的壞心眼。

璃奈大概也有所自覺，只是想發牢騷而已。藉由看著逐漸脫離社會常軌的櫻，在內心偷偷肯定自己的選擇。

無論是共鳴還是牽制、同情還是輕蔑，都是一體兩面的感情。

櫻認為女人的友情就像走鋼索，三番兩次撐過搖搖欲墜的危機，以相較之下比較穩定的方式維持下去。

『櫻能從工作中得到成就感嘛。』

璃奈亡羊補牢的打圓場在腦中甦醒，櫻緊抿雙唇。

換個角度想，**人妖騷動**也不是能一笑置之的事。

下禮拜的會議，要是被客戶發現沒什麼進展，不知對方會說什麼。

眼前浮現看上去得天獨厚、什麼都有的胖蝴蝶嗤之以鼻地嘲諷瘦螻蟻：「真令人失望」的模樣。

『看到自己寫的報導印成鉛字，會覺得很有成就感。』

想起自己在「敬邀學長姊」裡說的台詞，櫻的良心隱隱作痛。

去Wannabe大樓上課的那段時光，自己究竟有什麼夢想呢。

肯定不是什麼腳踏實地的夢想。

要是能去各地旅行、享用美食，將其寫成報導，出版成書就太好了——無非是這麼膚淺的夢想。

只是小時候比較會寫作，最近因為太忙了，連書都沒空看，也沒持續進修。之所以去念被調侃為Wannabe大樓的專門學校，也只是因為沒考上有文學藝術學科的大學。

邊抱怨邊朝結婚努力的璃奈還比他有建設性多了。

縱使年紀在職場上還算年輕，但是站在女性的立場，也已經沒那麼年輕了。

自己接下來到底想做什麼？像璃奈那樣真心想結婚嗎？還是像璃奈的上司城之崎塔子那樣，希望累積真正的工作歷練呢？

無論是哪一邊，感覺自己都會輕易說出「辦不到」這三個字。

不是還有更重要的事嗎？——

母親棉裡藏針的話語刺痛耳膜，櫻無精打采地凝望著籠罩在雲層裡的月光。

時序一進入十月，截至目前的殘暑就像騙人的一樣，每天都好冷。氣溫一口氣下降了將近二十度，陰雨連綿，彷彿進入梅雨季節。

跟不上極端的溫差，櫻覺得體內充滿了層層堆疊的疲累。進入生理期，下巴的青春痘遲遲不見好，又不能擦粉底，每次照鏡子都會產生厭世的心情。

那天晚上，不想繼續吃便利商店的飯糰，櫻溜出辦公室，決定去外面用餐。

已經是晚上九點過後，新橋一帶只剩拉麵店和居酒屋還開著。櫻在雨中繞了一圈，最後在義大利麵的專賣店前停下腳步。那是東京隨處可見的連鎖店。單身女性要踏進義大利麵專賣店應該比踏進拉麵或牛肉蓋飯的店容易得多。

然而才剛坐下，接過冰塊已經融解，不冷不熱的開水時，櫻就有一股不祥的預感。空蕩蕩的店內有點冷，送上不知道從什麼時候就倒好的不冷不熱溫開水的男店員胖胖的，臉色難看到極點。

因為想吃奶油風味柔滑細緻的白醬，櫻從品項多如繁星的菜單裡選了奶油培根蛋黃義大利麵。為了身體著想，還點了沙拉，升級成套餐。甜點套餐的蛋糕其實也很吸引人，但這麼一來會超過千圓，只好忍耐。

當店員把彷彿只有枯萎菜屑的沙拉粗魯地放在桌上，櫻心想或許便利商店的便當還好吃一點。萵苣和小黃瓜都已經乾巴巴的，沙拉醬只有化學調味料的強烈味道。

難得他想吃蔬菜。

原本對副餐的沙拉倒也沒抱太大的期待，但賣相未免也太差了，櫻不禁感到一陣悲從中來。

把乾巴巴的菜屑送入口中，心不在焉地回想白天的會議。

果不其然，與客戶的討論很不順利。

絕不會自己主動做事的助川由紀子毫不留情地挑毛病，提出一大堆刁難的要求。

回到編輯部，櫻頭痛不已。

追根究柢，真正的「私房景點」才不會輕易接受採訪。即使勉為其難答應，很多店家也都要求不要刊出地址電話或地圖。

問題是，讀者真想看到這種不上不下的報導嗎？

難道不能把概念修正得更貼近現實一點嗎？

「什麼？你在說什麼夢話？」

櫻那天只是隨口問了一句，深陷在腐海中的總編輯立刻一眼瞪過來。

「構思概念是客戶的工作。我們只要遵循客戶的概念，適度地蒐集情報，再為難也要寫出報導來。」

「可是報導要滿足的對象應該是讀者，而不是客戶。」

「別說這種乳臭未乾的話，快去寫報導。」

總編不容置疑地駁回櫻難得堅持己見的意見。

「你也不要把所有的心力都放在女性雜誌的企劃上。我說過好幾次了，我們能接到工作就要偷笑了，你有時間講究這些細節，還不如給我多寫幾篇報導來。免費刊物的家電商品介紹執行得如何了？截稿日可是不等人喔。」

別講究細節，多寫幾篇——

總編的教訓翻來覆去都是那幾句。

可是。

好不容易接到大開本女性流行雜誌的案子。

由紀子的百般刁難姑且不論，櫻偶爾也想寫出自己能滿意的報導。

應該比看完就丟的免費刊物或資訊雜誌更能留在讀者的記憶裡。

櫻咀嚼索然無味又薄如紙的萵苣，拚命動腦。

沒多久，奶油培根蛋黃義大利麵淋著鮮豔得極不自然的黃色奶油上桌。

吃第一口就後悔了。

這玩意兒——只是淋上調理包的奶油醬嘛。

味道十分尖銳，與想像中柔滑細緻的風味簡直是差到天邊去了。

好不容易鼓起勇氣走進餐廳，櫻愈來愈悲傷。但是肚子餓了也沒辦法，只好勉為其難地硬塞進嘴裡。

吃到一半，手機響起收到電子郵件的聲音。

拿出手機一看，是璃奈傳來的。大概又要來抱怨結婚的事了。

提不起勁地點開，櫻放下機械式地將義大利麵送入口中的叉子。

時間是晚上九點半。

還來得及——

這麼想的瞬間，櫻拿起皮包站起來。

電車裡擠滿了加班回家的上班族，好不容易踏上月台，從早下到晚的雨終於停了。

櫻抱著沉重的皮包，加快腳步走在商店街上，絕大多數的商店皆已拉下鐵門。走到商店街的外圍後，毫不猶豫地踏進那條羊腸小徑。

跨過石子路上的水窪，繞過塑膠桶，一直往裡面走。

璃奈直接私訊城之崎塔子的推特，原本只是想當成笑話一則，告訴他櫻在尋找消夜咖啡店時不小心闖進人妖服飾店的事，沒想到人在上海的塔子卻傳來意想不到的回信。

『就是那家店。』

白天是舞蹈用品專賣店，晚上是賣吃的咖啡店。

那裡就是傳說中的消夜咖啡店。

看見長著圓形綠葉的大花山茱萸時，櫻不由得睜大雙眼。

白天的喧囂擾攘蕩然無存。

煤油提燈在門口散發出柔和的光芒，大花山茱萸的樹根悄悄地立著一塊寫上「Makan Malam」的鐵製招牌。

櫻重新抱緊皮包，檢查上衣口袋裡的名片夾。

然後吸一口氣，按下門鈴。

「來了！」

裡頭立刻傳來低沉的回應，有人聲響大作地踩著走廊而來。

玄關厚重的木門往裡開的同時，櫻頓時啞口無言。

「哎呀，歡迎光臨。」

低頭看著呆若木雞的櫻，嫣然一笑的是——

戴著光鮮亮麗的粉紅色鮑伯頭假髮，個子很高，身穿女裝的中年男子。

被間接照明照得如夢似幻的室內，播放著輕柔舒緩的德貢甘美朗音樂，旋律宛如典雅的搖籃曲，貌似常客的人各自悠閒地坐在單人座沙發上。

如此閒適安穩的氣氛，讓人霎時忘記老闆的異於常人。

雖然是突然找上門來，但是穿著優雅晚禮服的女裝男子就像迎接常客般自然，帶櫻坐到吧台的座位。

男人的舉止非常雍容華貴，讓人覺得稱呼他為「人妖」非常沒禮貌。

吧台的另一端坐著一個戴眼鏡、繃著臉的中年男士，正在喝茶看報紙。

男人左手的無名指套著婚戒，橫看豎看都只是個普通的大叔。

坐在面向中庭的沙發上吃消夜的人裡，有個白髮垂肩的高雅老太太，所有人看起來都跟前些日子白天那群可怕的人妖扯不上關係。

櫻提心吊膽地四下張望，所見之處都沒有幾天前那個兇惡人妖的身影。

坐在鋼管椅上，櫻以手指輕撫上衣口袋裡的名片夾。

「請問你要吃消夜，還是喝茶呢？」

沒多久，個子很高的女裝男子站在吧台裡問他。

不疾不徐的聲調很有氣質。

「那、那個……」

櫻站起來，遞出名片。

「我其實是做這行的……」

只有擔任特約記者的這段時期，方能使用的名片上印有女性雜誌的商標。也有不少店家看到這本知名女性雜誌的商標時，立刻改變了態度。

然而，高大的女裝男子並未接過櫻遞出的名片。

「目前本雜誌正打算製作一個『私房咖啡店』的特輯……」

為了增加說服力，櫻從皮包裡拿出雜誌的樣書。

大開本的女性流行雜誌又厚又重，因為要提著裝了好幾本這種雜誌的皮包在路上走，難怪擺脫不了慢性的肩膀痠痛。但這些光鮮亮麗的雜誌應該會比名片更有說服力。

然而，男人的臉色依舊毫無變化。

「不好意思，我對這種事沒有興趣。」

冷淡的回答令櫻慌了手腳。要是吃閉門羹，報導就沒有賣點了。

「可以請你先看一下企劃書嗎？」

粗魯地在皮包裡東翻西找時，文件夾從皮包裡掉出來，夾在裡頭的企劃書及資料散落一地。

「對、對不起！」

破壞店裡靜謐的氣氛，櫻感到十分焦慮，撿起散落一地的企劃書，放在吧台上。

「真的非常抱歉。可以請你先看一下企劃書嗎？這家店真的非常符合本次企劃的概念……」

「我不是說我沒興趣嗎？」

還想繼續往下說的櫻，被男人低沉的嗓音無情地打斷了。

「我開店並不是為了配合你們的概念。」

眼神之凌厲，嚇得櫻不敢再說下去。

不得不承認自己的想法太天真，以為只要找到這家店，就能強行說服對方。

「對不起……」

收回企劃書的指尖微微顫抖。

把女性雜誌當靠山的不是別人，正是櫻自己。

「你太累了。」

這時，男人的語氣突然變了。

「脂肪與醣分都攝取過多，再加上睡眠不足。」

突如其來的指教讓櫻停止收拾的動作。

大吃一驚回頭看，女裝男子正朝他微笑，溫和的眼神與剛才判若兩人。

「很痛吧？」

男人指著他的下巴，櫻感覺臉熱得快要冒出火來。下巴長出一顆大青春痘的自己肯定面目可憎。

「我不是要羞辱你的意思喔。」

見櫻低下頭去，男人溫柔地搖搖頭。

「不過最好暫時少吃點麵粉，尤其要戒掉用麵粉烘烤的零食或餅乾。酒精對身體也不好。」

每晚都用發泡酒和零食消除壓力的自己完全被他說中了，櫻不禁杏眼圓睜。

「代謝下降，熱都悶在身體裡。你還年輕，所以會出現症狀，這樣總比反應在內臟好。你來得正好，等我一下。」

丟下不知所措的櫻，男人提著晚禮服的下襬，消失在吧台裡。

不一會兒，男人戴著小碎花隔熱手套，端著茶杯碟回來的時候，四周彌漫著一股甜甜的香味。

「剛從烤箱拿出來，所以還很膨。」

茶杯碟上有個膨膨的、明黃色的物體，從小盅的容器裡膨脹到滿出來。像朵張開大傘、圓滾滾的香菇。

「這是小米和南瓜的舒芙蕾，小米和南瓜具有促進脂肪和醣類代謝的作用。今天來的多半是體質燥熱的客人，所以我做了這道點心，也很適合你。一旦促進代謝，蓄積在體內的熱就會自己消失了。」

把烤得膨膨的舒芙蕾放在吧台上，女裝男子當著櫻的面，撒上一點肉桂粉。

「肉桂是女性的好朋友，會讓頭髮和皮膚都變得很漂亮。」

肉桂的異國風味撩撥著鼻孔。

「剛烤好，還很燙喔。」

表面還撒了南瓜籽及松子的舒芙蕾看起來也很賞心悅目。

可是，這個——

很貴吧。

很少有機會吃到法國菜的櫻一時進退兩難。

不曉得總編輯以多少錢接下這次的女性雜誌企劃，但是以那位編輯的性子，不可能讓他報公帳。可悲的是，櫻今天晚餐的預算已經花在菜屑沙拉和油膩膩的義大利麵上。

「別客氣，帳會記在那位大叔頭上。」

彷彿看穿櫻的心事，男人眨了眨黏著假睫毛的眼睛，指著坐在吧台角落，戴眼鏡、繃著臉的中年男子。

「你說什麼！」

中年男子立刻抬起頭抗議，但是一與櫻對上眼，就囁嚅著喃喃自語：「算了，反正這裡的料理也不貴……」視線再度落回報紙上。

「開玩笑的啦。」

男人掀了掀假睫毛，勾起塗上唇蜜的嘴角。他的笑容讓人聯想到以前出現在迪士尼電影裡的魔女。

「今天由我招待，請慢慢享用。」

男人放下裝滿冰水的杯子，輕輕地推回櫻收拾到一半的企劃書。

「但是這我不能收。」

「……好吧。」

櫻只好點頭，戴著粉紅色假髮的男人慢慢地浮現出一抹笑容。

「你能理解真是太好了。這家店基本上只招待常客，沒有餘力再接新客人了。更何況……」

男人雙手一攤，凸顯出自己身穿紫色晚禮服的姿態。

「老闆是這副德行的話，會把一般讀者嚇跑吧。」

這時，吧台角落發出「哇哈哈哈！」的笑聲。

戴眼鏡的中年男子挺著圓滾滾的肚子大笑。

「一定會嚇跑的，嚇得屁滾尿流。」

「喂！」

後面的房門突然打開，戴著大紅色假髮的年輕人妖從房間裡衝出來，是白天那個兇神惡煞的人妖，櫻嚇得全身僵硬。

「剛才的話可不能聽聽就算了，你那句嚇得屁滾尿流是什麼意思？」

人妖完全沒把櫻放在眼裡，一路衝向中年男子。

「這還用說嗎，當然是指你們啊。被你們嚇得屁滾尿流，屁滾尿流。」

「你說什麼！」

中年男子不甘示弱地回嘴，人妖氣瘋了。沒多久，從後面的房間裡湧出許多戴著五顏六色假髮的人妖，圍住中年男子。

「喂，御廚！快想想辦法！」

被人妖推來推去的中年男子向身穿女裝的壯漢求救，但後者一臉事不關己地別開臉。

「喂，御廚！」

中年男子被人妖推擠著拖進後面的房間裡。

房門「砰！」地一聲關上，室內再度恢復寂靜。

事發突然，櫻還反應不過來，但其他常客都很平靜，彷彿這是常有的事。

「剛才那位名叫嘉姐，是本店重要的女紅之一。這家店原本是從做給女紅吃的伙食開始的。」

「御廚先生？……」

櫻模仿被女紅拖進房間的中年男子喊，女裝壯漢豎起食指「嘖！嘖！嘖！」地左右搖晃。

「我叫夏露，不接受其他的稱呼。」

「夏露……」

櫻有樣學樣地複誦，夏露笑容滿面地點點頭。

「快點，舒芙蕾剛出爐的時候最好吃了，請趁著還沒消下去的時候趕快享用。」

在夏露的催促下，櫻舀起一匙小米和南瓜的舒芙蕾，送入口中。

那一瞬間——

櫻完全被征服了。

緊接在小米輕盈的口感後，樸實中不失濃郁的南瓜甘甜在嘴巴裡擴散開來，沁入四肢百骸。回過神來，櫻已經一匙接一匙地停不下來了。

這就是自己想吃的柔和風味。

不知不覺間，德貢甘美朗一曲既罷，室內目前播放著薩提的吉諾佩第[9]。

晚上十一點。老闆夏露有如不可思議的魔女，在一天即將結束之前，讓每個客人的心靈得到安穩與平靜。

只要嘗一口他做的舒芙蕾，肯定能忘記當天所有「糟糕透頂」的事。

櫻打從心底羨慕這家店的常客。

誰也沒有權利破壞這份充實與寧靜。

櫻悄悄地將吧台上的企劃書收回皮包裡。

9. 法國作曲家薩提最有名的作品之一。

天氣還是陰沉沉的，與其說是秋天，更像是綿延不絕的梅雨季節。

然而，不同於初夏的梅雨季，白天愈來愈短，氣溫也愈來愈低，季節從陽面遞嬗至陰面。

那天在咖啡廳，櫻從委託人助川由紀子口中聽見難以置信的消息。

「這是常有的事。」

面對瞠目結舌的櫻，由紀子沒有半點不好意思的樣子，仔細地擦上指甲油的指尖拎起咖啡杯細緻的把手。

這次的第二特輯決定由連鎖咖啡店出錢贊助。

「對方也願意買廣告，對我們來說，這真是再好不過了。」

由紀子喝著咖啡，說得一副天經地義。

回想最近這兩個月東奔西走的忙碌，櫻幾乎癱倒在沙發上。

由連鎖咖啡店出錢贊助，意味著「私房咖啡店」的概念整個化為烏有。

「當然，我不會撤回委託，不用擔心。」

他希望櫻針對連鎖咖啡店的新商品重新撰寫報導。

「已經寫好的部分，我也會想辦法塞進以後的雜誌裡。」

對由紀子而言，這麼一來就能填滿所有的缺口。

但是那段頂著大太陽，扛著塞滿沉重樣書的皮包四處奔走的時間。

那段不停地被雞蛋裡挑骨頭，加班到三更半夜，絞盡腦汁的時間。

一想到所有的努力都付諸東流，櫻一言不發地盯著自己的咖啡杯。

這天櫻被叫到由紀子家附近的咖啡廳。

大片的落地窗外面稱為白金通的銀杏道。濛濛細雨中，穿著時髦服飾的男女撐著五顏六色的傘，不時擦身而過。與只會看到塑膠傘的新橋車站前大相逕庭。

再過一陣子，銀杏的葉子就會轉黃，路上將擠滿熙來攘往的大批觀光客。

「銀杏祭只是擾人的活動呢。」

由紀子這種話就叫得了便宜還賣乖。

「總之，接下來也繼續麻煩你了。」

由紀子拿起帳單，露出優雅的笑容。

櫻也站了起來，價格相當於兩頓晚餐的咖啡，他只抿了半口。

由紀子負責買單，櫻先走到店外。

因為由紀子遲遲不出來，櫻隔著玻璃門回頭看，當場愣住。只見由紀子正在蛋糕櫃前挑選，買了許多蛋糕。

由紀子接過裝滿了水果塔和奶油蛋糕的盒子，理所當然地報上公司名稱，要對方開收據。

「伴手禮嗎？」

「對呀。」

櫻問捧著紙袋出來的由紀子，由紀子不以為意地點點頭。

「我老公和兒子都很愛吃甜點。」

由紀子爽快的回答令櫻無言以對。

回程的地鐵上，櫻始終不知該拿冒著泡泡，在內心不斷翻湧的負面情緒如何是好。下班時間的地鐵班班客滿，每次車身晃動都會被周圍的人壓得喘不過氣來。

那段煩惱、掙扎、揮汗如雨的時間，對方用一句「這是常有的事」就想一筆勾銷。還一臉施捨地告訴他「不會撤回委託，不用擔心」。

腦海中閃過由紀子面不改色地開公司發票買禮物給自己家人的嘴臉。

原來現在還有這麼大方的公司。

這個事實也讓櫻備受打擊，但是更令他難以忍受的，其實是原來這才是自己被叫到那家咖啡廳的原因。

看在由紀子眼中，或許只是順便。

但是，到底哪件事才是真正的「順便」。

愈想愈覺得難以忍受的屈辱讓櫻的心蒙上一層陰影。

儘管如此，那個人還是主角。

人生勝利組打從出娘胎就決定了。就算是肥滋滋、油膩膩、難以下嚥的食物，那個人依舊是主菜。

自己只是旁邊的菜屑、只是隨時都可以被取代的工蟻。

在轉乘站下車時，櫻無意識地停下腳步。

回過神來，他已經跳上既不是往公司、也不是回家的路線。

擠了將近一小時的沙丁魚電車，在長長的商店街車站下車時，櫻的三魂七魄還沒有歸位。

頂著下不停的冰冷細雨，踏進羊腸小徑。

看見大花山茱萸的黑影和後面煤油提燈的燈光時，櫻打從心底鬆了一口氣。

然而，就在按下門鈴的瞬間，內心湧出一股事到如今又能怎樣的遲疑。

自己又不是常客，還可以來嗎。

這時，有個黑乎乎、軟綿綿的東西突然從腳邊竄過。是自己第一次迷路闖進這裡時看到的虎斑小野貓。

虎斑貓回頭瞥了櫻一眼，筆直地往前走，開始抓起面向中庭的玻璃門。

沒多久，玻璃門的另一邊浮現出高大的人影。

頭上纏著絲巾的夏露打開玻璃門，虎斑貓一溜煙地爬上他的胸前。

「怎麼啦？」

夏露抱著虎斑貓，發現杵在門前的櫻。

「歡迎光臨。你是今天的第一位客人喔。」

臉上浮現出魔女般的笑容。

「上次沒能幫上你的忙，真不好意思。」

這是夏露把馬克杯放在桌上時開口的第一句話。

「別這麼說……我才不好意思。」

櫻承擔不起地忙搖頭。

房間角落響起抓玻璃的聲音，定睛一看，虎斑貓已經吃完用來熬湯的小魚乾，又想出去了，所以這次是從屋子裡抓撓玻璃門。

「可以幫牠開門嗎？」

受夏露所託，櫻稍微推開玻璃門。

虎斑貓瞥了櫻一眼，頭也不回地衝出去。

「真現實的傢伙。那隻貓咪最近常來，但好像也會去別的地方蹭飯。」

或許因為時間還早，夏露今晚並未換上晚禮服，而是穿著貼身的高領襯衫。

以前大概從事過什麼運動，夏露剛才抱著貓咪的胸膛非常結實。

「……所以呢？今天有何貴事？你也想去別的地方蹭飯嗎？」

被這麼一問，櫻頓時說不出話來。

薄施脂粉的夏露比想像中還要英俊。

「其實是我上次來拜託你接受採訪的企劃泡湯了。」

「哎呀，怎麼會？」

「因為找到連鎖咖啡店當贊助商，所以就不能採訪別的咖啡店了。」

拿起馬克杯，肉桂的香味撲鼻而來。喝下一口，胃裡變得暖暖的。

櫻突然放鬆下來，想對雌雄莫辨、半神半人的夏露說出一切。

「我……其實並不是那本雜誌的記者，只是外包的寫手。」

「就算是外包，報導也是你寫的不是嗎？既然如此，我認為沒有差別。」

「差多了。」

櫻又喝了一口肉桂茶，搖搖頭。

「我只是虛有其表。」

回過神來，這句話已然脫口而出。

即使籍籍無名，他也寫了很多文章，可是一個字都沒有留下來，被每天不斷更新的訊息蓋過，受訊息的洪流沖刷，轉眼就消失不見。

接到女性雜誌的工作時，還以為機會終於來臨了，結果根本不是這麼回事。

「我真的很努力地採訪了，可是對方只用一句『這是常有的事』就想打發我。」

話雖如此，但自己還是會遵照由紀子的吩咐，針對連鎖咖啡店這次的新商品寫出新的報導吧。

因為櫻沒有屬於自己的語言。

出社會已經六年了，上頭只會要求他「多接點案子，以量取勝」，不知不覺間，他只學會如何寫出不痛不癢的文章。

只是忙得昏天黑地，卻無法累積自己的實力。

「再這樣下去，再怎麼努力，結局還是一樣。外包的工作是客戶怎麼要求就怎麼做，再怎麼努力也無法累積自己的實力。再這樣下去，我永遠是個空心草包。」

問題是，這條路是自己選的。

因為——

因為我真的只是虛有其表。

既不是時代的錯，也不能怪任何人，是櫻自己的問題。

不管是考試或談戀愛，櫻從未認真面對。

只會隨波逐流的報應終於回到自己身上了。

他早就發現了。

虛有其表說的不是別人，是自己。

櫻握緊馬克杯，低下頭。

「虛有其表的話，填滿不就好了。」

「什麼？」

櫻抬起頭來，夏露正一瞬也不瞬地凝望著自己。

「等一下，馬上就好了。」

夏露微微一笑，消失在吧台深處。

留下櫻一個人側耳傾聽室內低迴的古典音樂。

櫻知道這首曲子，是莫札特的G大調弦樂小夜曲。

原文的意思是「小小的晚間音樂」。

莫札特好偉大，無論哪一首曲子，無論從哪裡開始聽，肯定都不是全然陌生。

難怪被譽為天才。

每個音符都有自己的表情。

那是平庸的自己永遠無法觸及的境界。

真是個傻瓜——

拿莫札特跟自己比有什麼意義。

櫻望向窗外。

黑夜中，中庭的大花山茱萸沐浴在煤油提燈的光線下，浮現出淡淡的紅暈。

走近窗邊一看，發現枝頭結了許多紅色的果實，周圍的葉片也開始變紅。

櫻頓時領悟到現在其實也是結果的季節，還以為這個季節只會愈來愈陰沉。

曾幾何時，雨已經停了。

櫻重新坐回沙發上，盯著被煤油提燈照亮的中庭看了好一會兒。

風停雨歇的巷子十分安靜，唯有這座中庭像是自絕於都會的喧囂之外。

「讓你久等了。」

不一會兒，夏露從吧台後面現身。

看見放在桌上的白盤，櫻忍不住小聲歡呼。

白色大盤子的正中央有個杯子，杯子裡裝滿了鮮豔的橘色濃湯，五顏六色的蔬菜和水果層層疊疊地在杯子四周圍成一圈。

簡直就像是圍繞太陽的行星和成千上萬的星辰一起出現在同一個盤子裡。

「好美……」

櫻不禁讚嘆，夏露志得意滿地說：

「可不是嗎？這些全部都是我做的。」

夏露指著圍繞著濃湯擺盤的每一顆星星，開始說明：

「這是由秋天的紅蘿蔔和豆漿製成的濃湯、番茄果凍、巴薩米克醋拌無花果、橄欖泥、杏仁小魚乾涼拌水菜、醃漬牛蒡蘆筍、甜醋拌甜椒綠花椰、山葵拌山藥酪梨、烤核桃……」

大豆異黃酮、茄紅素、β-胡蘿蔔素、維生素E……所有促進女性荷爾蒙分泌的營養成分全都濃縮在這個盤子裡了。

「我把這些裝成一盤，每天吃一點。」

「每天吃嗎？」

「沒錯。畢竟我是男人，因此所有能讓女性變漂亮的東西，我都願意嘗試。或許只是心理作用，但感覺完全不一樣喔。」

夏露不疾不徐地把手貼在自己胸前。

「不夠的話，補上就好了。虛有其表的話，填滿就好了。」

櫻的內心深處亮起一盞微弱的燈。

「請用。」

櫻拿起筷子，對著美麗的星子們，不知該從何下手，最後決定先吃番茄果凍。香甜多汁，彷彿身體的每一個細胞都受到滋潤。

接著再把蘆筍送入口中，清脆的口感令人難以抗拒。

回過神來已經一口接一口了。

「如何？每道菜都只是簡單的沙拉，但是像這樣聚集起來，就成了一道還算豐盛的佳餚吧。」

「非常好吃。感覺光是吃進這些東西，就能變得健康。真的已經好久沒吃到這麼多蔬菜了。我也意識到蔬菜攝取得不夠，可是自己煮飯的難度實在太高……」

「不用想得太困難喔。蔬菜及水果都含有大量的酵素、礦物質、多酚。光是番茄切片淋上檸檬汁和橄欖油就是一道營養的沙拉，要是能再撒上一點胡椒粒就更完美了。」

「如果是這樣，或許我也辦得到。」

「那當然，我們什麼都辦得到喔。」

夏露抱著修長的胳膊，看著櫻。

「有人說沙拉無法成為主菜，但我不認為。一出娘胎就什麼都有的人生不是很無聊嗎？我再怎麼拚命掙扎也無法變成真正的女人，但也不會因此就想放棄自己的人生。」

「夏露比時下的女性還要迷人好幾倍。」

櫻激動地說。

「呵，謝謝你。」夏露嫣然一笑。「可是，你也還沒輸喔。你不是找到這家店了嗎。足以證明你也有滿腔熱情，絕不是虛有其表。」

櫻大吃一驚地看著夏露。

這個人，肯定從一開始就知道。

從自己第一次按下「Makan Malam」的門鈴就知道。

知道透過城之崎塔子牽線想採訪他的，是隻假裝成迷途小貓，名不見經傳的寫手。

「別擔心。」

夏露的聲音悄悄響起。

「痛苦也好、難過也罷，都是你確實用自己的心腦思考，努力往前走的證據。」

因此就算現在什麼都看不見，也不用絕望。

「有時候，煩惱也是很寶貴的時期。」

難不成——

城之崎塔子也曾經在這家店裡休養生息。

喝著溫暖的濃湯，視線開始變得模糊。

一無所有。虛有其表。

這樣的自己接下來真能有所改變嗎。

不知不覺放下筷子。

淚水滴滴答答地落在桌上。

「別擔心。」

夏露輕撫櫻顫抖的背，不斷重複。

「就算缺了這個、少了那個，每個人依舊是自己人生的女王喔。我也是。你當然也不例外。」

櫻拭去淚痕，夏露衝著他微笑。

「這是我特製的食譜。名字叫做『全世界最具女王風範的沙拉』。」

十月中旬以後，街上到處充滿了南瓜。

櫻百思不得其解，萬聖節從什麼時候開始變成日本的全民運動了。

萬聖節結束後，緊接著就是聖誕節，一年轉眼就接近尾聲。

櫻今天為了買禮物送給決定年底步入禮堂的璃奈，前往自由之丘。璃奈目前正陷入婚前憂鬱，幾乎每晚都會傳落落長的簡訊向櫻抱怨結婚在即，新郎卻什麼都不做。

儘管如此，璃奈還是挑了比誰都漂亮的婚紗，勇敢地跳進婚姻這個墳墓裡。

至於自己嘛——今年的聖誕節大概也要在工作中度過。

在那之後，櫻不曾去過夏露的店。

工作很忙，下巴周而復始地冒出青春痘。

棲息在腐海的總編輯採取緊迫盯人的戰術，逼著他每天到處蒐集材料，三更半夜還在敲打鍵盤。

要說沒變，還真的什麼都沒變。

不過他稍微開始自己煮食了，也開始購買以前覺得太貴買不下手的水果。

只要忍著不買發泡酒和下酒零食，目前的薪水還是買得起當季的水果。

除此之外，要說還有什麼變化的話——

櫻最近又開始看書了，就跟學生時代一樣。

利用坐車的時間、等待客戶姍姍來遲的時間、吃飯時等上菜的時間。

他發現比起發呆，閱讀有趣的書更能消除壓力。

圖書館和二手書店為他省下了不少開銷。

閱讀時，櫻會在內心深處思考文字的力量。

光是要完成眼前的工作就令他疲於奔命，沒有餘力再去思考別的事。

可是，總有一天。

他想用自己的文字，填滿虛有其表的自己。

一如學生時代用自己說的話逗同學哈哈大笑。

他想寫出能讓人打起精神的文字。

自己依舊是外包的約聘寫手，但是人生只有一次，他不想一輩子當奴隸。

就算無法成為人生勝利組，櫻也有櫻的志氣。

為了能永遠站在自己的舞台上，也得一點一滴、一步一腳印地填滿空缺。

總有一天，他一定配得起。

只屬於我的，全世界最具女王風範的沙拉。

第四話

等待除夕夜降臨的湯

送完所有指定要在上午送到的貨物，回到辦公室已經過了中午十二點。

黑光大輔踩著輕盈的小跳步走向更衣室。

沒有貨物需要重新配送的日子真是太幸運了。

如果配送的目的地是公司的話倒沒有任何問題，萬一是住家的話，就算準時送到，有時也會撲空。這時可以丟進宅配箱[10]，怕的是宅配箱已經爆滿的情況。

指定早上九點送到的配送，若遇到宅配箱已經爆滿的狀況，大輔都會一頭霧水。怎麼會有這麼多人連開門收件都不肯。

或許其中也有指定的時間剛好有急事不在家的人，但有時也會從按下門鈴後傳來的沉默中感受到頑固的拒絕。

眼下已是網路時代，不用出門就能買東西，不用面對面就能聊天。或許面對活生生的人已經變成一件耗費元神的苦差事。

感謝上帝，今天配送的宅配箱都沒那麼滿，得以順利地完成上午的工作。

摘下宅配員的帽子，換成棒球帽，再穿上外套，大輔打卡下班。

再見了——

看著伴隨咔嚓一聲印上時間的考勤卡，大輔在心裡喃喃自語。

再見了，掩人耳目的假面。

跨上停在店門口的腳踏車，一口氣衝下坡道，騎向商店街。

避開買東西的客人，騎過長長的商店街，在商店街的外圍跳下腳踏車。

接下來是一條羊腸小徑，直接騎進去太危險了。說不準野貓會從哪裡冒出來，也可能剛好有人把超級大片的玻璃蓋在塑膠桶上，萬一騎車技術不佳，還會撞上到處突出的空調室外機。

大輔乖乖地牽著腳踏車，走進羊腸小徑。

不一會兒，中庭種著大花山茱萸，宛如古民家的獨棟房子映入眼簾。時序已進入十一月，大花山茱萸的葉片開始一寸一寸地轉成紅葉。

把腳踏車牽進去，掏出口袋裡的鑰匙。

推開厚重的玄關門，異國的香味撲鼻而來。這房子的主人會燒加了香草精油的線香來驅蟲及除臭。

大輔踏進空無一人的屋子，推開走廊盡頭的小房間門。

脫下棒球帽，一屁股坐在偌大的梳妝台前。

注視著鏡子裡剃平頭的男人，輕聲嘆息。從這個模樣想像不出來，他也曾經有過一段非常荒唐的歲月。

10. 日本人設置於新設大樓室外的密碼鎖信箱，宅配人員可以將物品放入宅配箱，免去再次送件的麻煩，住戶亦可免於與宅配人員面對面的尷尬。

十年過去，回過神來，自己也快三十歲了。雖然沒有固定的工作，至少還能養活搬出來住的自己。

多虧了這裡。

大輔伸手探向琳琅滿目地擺滿在梳妝台上的化妝品。

接下來是全神貫注的時刻。

均勻地為整張臉塗上粉底，用眼線液拉出張揚的眼線，再黏上幾層假睫毛，就能讓眼睛瞬間變成兩倍大。

好開心——

看著鏡子裡逐漸變化的臉是至高無上的喜悅。剛刮乾淨的鬍碴看起來很明顯，所以要用修容餅仔細地打亮，在顴骨上方刷上玫瑰色的腮紅。

眼影是加入了亮片的珠光。

唇膏是今年流行的酒紅色。再塗上一層唇蜜，增添光澤。

最後再戴上微鬈的大紅色長假髮——

歡迎，真正的自己。

再見，黑光大輔，掩人耳目的假面。

我叫嘉姮，這才是我的真面目。

按下ＣＤ播放鍵，輕快的浩室音樂傾洩而出。

嘉妲為剛完成，堆在房間的禮服釘上標籤，一件一件小心翼翼地裝進袋子裡。

為大花山茱萸的樹枝掛上「舞蹈用品專賣店　夏露」的招牌，將高跟鞋擺在樹根的台子上。那可不是普通的高跟鞋，最小的也有二十六號，大的有三十二號。

再把花枝招展的禮服掛在活動式衣架上，中庭轉眼間就成了店面。

為假人模型穿上最好看的禮服，用來招攬客人。也沒忘記加上配件作裝飾。

但凡看到這樣的店面，沒有**同類**能空手而回，嘉妲感到很自豪。

冷不防，腳邊傳來「喵——」地一聲。

虎斑貓正把頭抵在嘉妲的腳邊磨蹭。

「等一下喔。」

嘉妲摸了摸虎斑貓毛皮光滑的背部，從廚房拿出用來熬湯的小魚乾。虎斑貓嗅了嗅，開始咬碎小魚乾，小巧的下巴拚命咀嚼的模樣非常可愛。

這隻貓咪是在天氣還很熱的夏天闖進中庭，某個颱風夜發出「喵——喵——」的叫聲，打開玻璃門，起初還怯生生地不敢靠近。無計可施下，只好把小魚乾放在屋簷下，第二天早上，貓咪蜷縮在吃得一乾二淨的盤子旁邊睡著了。

只有一開始充滿戒心，如今三不五時就像這樣來討東西吃。

「當貓好好噢，我也想靠著可愛走天下。」

嘉姐撫摸虎斑貓充滿光澤的毛皮，從外面的羊腸小徑傳來熱鬧的說話聲。傍晚才開始上班的變裝皇后趁上班途中順道過來。午後的他們還沒那麼濃妝豔抹，但頭上還是戴著五顏六色的假髮，搔首弄姿地高聲談笑。虎斑貓微微睜開眼，翻個身，一溜眼地消失在門的另一邊。

「你們給我安靜一點啦，這麼毫不掩飾的人妖集團會吵到左鄰右舍，連貓咪都逃走了。」

嘉姐沒好氣地罵人，反而引來更高分貝的抗議。

「哎呦，這是對客人的態度嗎。」

「你不也完全換上女裝了嗎。」

「就是說啊！我們至少還會看時間、場合、地點穿牛仔褲來。」

「你只是幫忙看店，態度也太囂張了。我要告訴夏露，你的態度很惡劣。」

沒化妝的變裝皇后一口一聲地指著他說，其中有個戴帽子的人看到假人模型身上的禮服。

「喂！」

只見那個人掩住嘴巴，直立不動。

「這件……該不會是我訂的禮服吧？」

看著看著，臉頰染上興奮的紅暈。

黑色的緞面繡上施華洛世奇的水晶和白色的羽毛，是嘉姐引以為傲的作品。

「正是。順便告訴你，刺繡的可是我。取名為『十二月的夜之女王』……」

話還沒說完，嘉姐就被戴著帽子的變裝皇后抱了個滿懷。

「呀！——好好看啊，比我想像中還要好看十倍。」

「真的好精緻，有點像黑魔女[11]。」

「施華洛世奇水晶在舞台上一定很耀眼。」

其他變裝皇后也都露出欣羨的表情。

自己的技術受到這樣的讚美，沒有人會不高興。

嘉姐推開玄關門。

「進來吧，我也做了許多聖誕節用的人造花首飾喔。如果要預訂年底的禮服，現在是最後的機會。」

變裝皇后齊聲歡呼。

「尾牙季要準備表演雖然很辛苦，但也想要一套可以在聖誕節穿的禮服。」

「真的嗎？你又沒有親密愛人，有必要訂製一套禮服私底下穿嗎？」

「討厭啦，別說那種無情的話嘛。」

11. 迪士尼動畫電影《睡美人》中的壞仙子。

變裝皇后推來推去地走進店裡。

當嘉姐把招攬客人用的假人模型收進玄關，自己也進屋的瞬間，門鈴突然響起。

回頭一看，有個面熟的男人站在門口。

又來了……

告訴那群變裝皇后可以自行參觀工作室後，嘉姐反手關上玄關門。

「老闆在嗎？」

耳邊傳來營業用的爽朗聲音。

不管被掃地出門幾次，依舊能若無其事地再度上門的態度真是太厚臉皮了。

「老闆不在。你再來幾次都一樣！」

糾纏太久只會惹自己生氣，嘉姐極為簡潔地回答。

但是男人絲毫不以為忤。

「既然如此，可以請你幫我轉交一封信給老闆嗎？我放在信箱裡好幾次了，但老闆好像都沒看。」

男人擅自開門，走進中庭，把信封和名片塞給嘉姐。

『帝國房屋　負責人　小峰幸也』

嘉姐已經撕碎過好幾張相同的名片了，所以也知道這個人的名字，甚至快被幸也無論被趕走幾次都能厚著臉皮再度上門的死纏爛打打敗了。

年紀大概只比自己稍長一點。明明還很年輕，卻穿著十分貼身，價格不菲，看起來應該是量身訂做的西裝。長得不錯，如果只是在街上擦肩而過，嘉妲可能還會驚豔地多看幾眼，但男人的眼神莫名銳利。

嘉妲很清楚他是哪種人。

高中時代，自己混的那個小圈圈裡就有很多這種眼神的男人。

「我已經說過好幾次了，老闆不會賣掉這裡。」

嘉妲切換成男人的口吻說，打算推回信封，但幸也緊咬著不放。

「別這麼說，至少請他先看一下再說嘛。這件事對你們也有好處。」

看得出來他雖然努力地用敬語說話，但眼神已經變了。

換作高中時代，這無疑是要開始單挑的前奏。

這個街廓前陣子還是閒雲野鶴的荒郊野外，自從新線的快車在這裡停靠後，房仲業突然興盛起來。隨著車站前的再開發急速進行，歷史悠久的商店街也開始受到威脅。房屋仲介似乎想買下商店街附近的老舊獨棟房子和木造公寓，改建成大型社區大樓賣給有錢人。

起初是由光看到嘉妲的打扮就嚇得落荒而逃的新人在這一帶拜訪，最近開始由幸也這種目光銳利的男人在附近走來走去。

「恕我直言，這一帶的公寓房東都願意協助我們改建喔。」

只要答應搬遷，就連這塊不面大馬路的土地也能以跟車站前相同的價格賣出。周圍破公寓的房東似乎對這個遠比現在的房租收入更優渥的條件趨之若鶩。

「就算你們堅決不答應搬遷，也可以只留下這裡，興建大型的社區大樓。但這麼一來會有什麼結果呢？這裡會曬不到太陽喔。」

幸也的口吻帶有威脅的意味。

「這裡本來就不臨大馬路，要是變成那樣，這裡將會變得一文不值喔。將來萬一發生什麼不測該怎麼辦？搞不好連向銀行貸款都借不到錢喔。」

「少囉嗦！」

嘉妲忍不住摘下紅色的假髮。

「要是擔心將來的事，還怎麼當人妖啊，你這個白癡！」

嘉妲露出平頭，大聲喝斥。

「怎麼啦？發生什麼事了？」

聽見騷動的變裝皇后推開玄關門。

「討厭，又是房屋仲介嗎？」

「是炒地皮的吧？真煩人！」

「是惡靈、惡靈。」

「你這傢伙，我們不能沒有這家店。」

幸也對大舉湧出玄關門的變裝皇后低咒一聲。

「總之，請幫我向老闆說一聲。」

見幸也終於打退堂鼓，嘉姐著實鬆了一口氣。

然而，幸也前腳剛走出去，立刻又轉過頭來說：

「我還會再來的。」

留下目露兇光的一瞥，幸也加快腳步離去。

十一月的太陽很早就下山，才下午五點，換作夏天根本還亮得跟白晝一樣，如今已漆黑如深夜。

嘉姐一個人坐在工作室的地毯上，為緞帶布料繃上繡框，繡上玫瑰花圖案。為了呈現花瓣的光澤感，每片的顏色都有點不太一樣。假設最後要繡成粉紅色的玫瑰花，除了深深淺淺的粉紅色以外，還得準備薰衣草色或淡紫色的繡線。

繡得漂亮的技巧在於一定要從花瓣正中央下針，從中心呈放射線狀往外繡。這時為了製造風味，還會採用長短針腳交互穿插的長短針繡法。

一針一線仔細地刺繡，用線填滿老闆設計的底圖。

嘉姐是公認的刺繡好手。

明明學生時代根本不知集中精神為何物，刺繡時卻可以完全摒除周圍的雜音，他完全愛上了只是一心一意地刺繡，不知不覺就能繡出美麗玫瑰或蝴蝶等圖案的過程。

因為太專心，甚至沒發現老闆已經回來了。

「辛苦了。哎呀，你連空調都沒開，不冷嗎？」

等到老闆出聲，他才回過神來，居然連窗簾都忘了拉。

老闆戴著針織帽，黑色毛衣外面罩著深咖啡色外套，穿著暗紅色的卡其褲，脖子上圍著長長的圍巾，與超過一百八十公分的身高相得益彰。

日本人少有的輪廓深邃的五官、結實又修長的身形，難以相信他和每週會來店裡一次的中年鮪魚肚大叔老師是同學。

要是先看到他這一面，肯定會愛上他。

萬一真的愛上他，肯定是無法開花結果的單戀。

老闆自稱「夏露」，為他取了「嘉妲」這個名字。

這裡販賣的各種妖豔禮服幾乎都是由老闆設計的，老闆之所以自己學會這些服裝設計的技術，是因為市面上的禮服都沒有他的尺碼。

簡而言之，夏露也跟嘉妲一樣，是穿上禮服的人。

夏露的視線落在被扔在地毯上的信封上。

「帝國房屋的人又來啦。」

「大姊，沒必要看那種信啦。」

夏露點頭同意，蹲下來撿起那封信。

「那個房仲業者以前絕對是道上混的，我看得出來。」

嘉姐把繡框放在膝蓋上，不屑地說。

「可是他既然有工作，所以跟你一樣，已經重新做人了吧。」

「天曉得。說穿了還不是炒地皮的，一個搞不好可能會開著砂石車衝進來喔。」

「怎麼可能。又不是泡沫經濟的時代，最近的房仲業者不會做那麼兇狠的事啦。你明明還很年輕，居然知道這些奇奇怪怪的事。」

夏露脫下外套，微笑說道。

「其他的女紅就快來了，我去泡茶。」

夏露將信封夾在腋下，打開空調，走出工作室。目送他的背影離去，嘉姐後悔自己為什麼不乾脆撕掉那封信。

夏露最近很忙，和以前比起來，白天出門的比例高出很多。

他不希望自己尊稱為「大姊」的人有比現在更多的煩惱。

不一會兒，結束白天工作的女紅同伴三三兩兩地出現在工作室裡。

「晚安！」「變得好冷喔！」「你好。」「辛苦了……」

大家互相點頭問好，各懷心事地開始工作。

有人跟嘉姐一樣，先坐在梳妝台前仔細梳妝打扮，也有人只換上裙子、戴上假髮，素淨著一張臉也無所謂。

倘若只把人類粗略分成男女兩國，這裡的人無疑不屬於任何一國，如同不分男女都有各色人種，就算世人統稱他們為「人妖」，但他們其實也有很多類型。

有人只要穿上女性的衣物就能放鬆。也有人必須經由整形或注射荷爾蒙，讓肉體盡可能接近女性，否則身心無法安頓。還有乍看之下與普通男性根本沒兩樣的人。甚至還有人娶了老婆。

儘管如此，所有人都有一個共通點，那就是一旦踏進這個房間，就能大口深呼吸，放鬆緊繃的肩膀。

出現在這裡的女紅幾乎都有工作。白天穿上筆挺的西裝，在公司裡上班。像下午來店裡那種在具有表演性質的酒吧歌唱跳舞的變裝皇后反而是跨性別者中的少數。

「才剛進入十一月，街上已經充滿了聖誕節的氣息。」

西裝革履，看起來就只是個普通上班族的中年男性對嘉姐說。

「哎呀，嘉姐，這個刺繡好漂亮啊。」

「對吧？只要再裝上開口，就成了小化妝包喔。」

「我也想要這樣的小化妝包。」

嘉姐他們平常只會聊些無關痛癢的瑣事，除非有什麼特別狀況，否則不會追究彼此的私生活。而且主要都是用夏露為他們取的綽號互稱，所以就連彼此的本名都不知道。

不過嘉姐從這位人稱「克莉絲姐」的男性本人口中聽說過，他太喜歡這裡了，甚至還搬到附近的公寓來住。就連嘉姐都住在下一站，這個人的執迷真是太驚人了。

「反正我孤家寡人，又沒有另一半。從這個角度來說，可以說是無牽無掛喔。」

克莉絲姐靦腆地笑著說。

頭髮稀疏、身材矮胖的克莉絲姐乍看之下就是個土裡土氣的大叔，但他西裝內側的口袋其實總藏著一朵三色菫的人造花，非常浪漫。

曾幾何時，屋子裡響起華麗的鋼琴聲。

大概是夏露打開了音響。

「是蕭邦的〈船歌〉，據說是他和喬治．桑的感情出現裂痕時寫的名曲。蕭邦的寂寞真令人心有戚戚焉。」

克莉絲姐擺出拭淚的動作，開始沿著紙型剪裁布料。

嘉姐也將注意力拉回手中的刺繡。

都怪克莉絲姐說那些話，總覺得鋼琴旋律帶了點悽愴的感覺。他喜歡熱鬧的浩室音樂，但這種古典樂也不賴。

啜飲著夏露泡的微甘肉桂薑茶，與熱愛裁縫的夥伴們一起待在舒適的空間，不用在乎別人的眼光，愛怎麼打扮就怎麼打扮，盡情發揮自己的拿手絕活。

在這裡製作的禮服及首飾全都是純手工打造，獨一無二的作品。如今已靠著口碑行銷，除了變裝皇后以外，也會接到在超市打工的大嬸社交舞同好會的訂單。他們的生活絕對稱不上寬裕，想起他們為了擺脫日常的片刻，用月薪購買禮服的模樣，嘉妲的作業又多了幾分熱情。

比起為所謂的貴婦名媛製作，為平常過著平凡生活的灰姑娘製作禮服及首飾更能提升士氣。

感覺像是如願進入以前想參加也參加不了的手工藝教室。

小學的時候，嘉妲超想嘗試女生們都在做的莉莉安編織[12]，可是倘若據實以告，肯定會被當成怪人。

自己無法像單純的男生那樣模仿女生做些胡鬧的蠢事。

即使年紀還小，他也能感受到自從懂事以來就隱約察覺的衝動，並非開開玩笑就能帶過去的程度。

因此，他總是勉強自己往與心中冀望的反方向靠攏，要是不小心踏錯一步，可能會從習以為常的階梯上墜落，回過神來，就連自己也無法控制自己。

他對自己不敢做真正想做的事，走到哪裡都沒有腳踏實地的感覺，甚至不確定自己是誰的狀況感到焦躁異常。

中學的時候已經很危險了，上了高中以後，更是愈來愈脫離常軌。

由於是頭下腳上地倒栽蔥墜落，不只傷害了自己，也重重地傷害了包括家人在內，所有身邊的人。

萬一當時就這麼墮落到底，自己到底會怎樣呢。

每次想到這點，直到現在都還會冒冷汗。

萬一當時沒有遇到夏露。

不，事情並非「遇到」這兩個字這麼簡單——

停下刺繡的動作時，門的另一邊傳來美妙的香味。

「肚子好餓啊。」

與克莉絲妲對上眼的瞬間，雙方異口同聲地說。

「各位，消夜做好了。」

夏露戴著粉紅色的鮑伯頭假髮，換上光豔照人的晚禮服，打開工作室的門。

這裡的另一項樂趣。

那就是夏露每每精心製作，滿是蔬菜的各種伙食。

「差不多是想喝熱湯的季節了。來吧，過來這邊吃。」

在夏露的邀請下，女紅們的眼睛全都為之一亮。嘉妲為假髮別上裝飾著聖誕玫瑰人造花的髮夾，與克莉絲妲一起走出工作室。

12. 利用編織器，透過規則的纏線與勾線方式製作飾品。

看見大鍋子裡裝滿了紅寶石色的湯，嘉姐和克莉絲姐齊聲歡呼。

「這是迷迭香風味的烤蔬菜和加入了冬天產紅蘿蔔的法式蔬菜鍋，可以搭配剛出爐的雜糧麵包一起吃。」

還冒著蒸氣的法式蔬菜鍋裡頭有帶皮的大塊馬鈴薯，旁邊還有加入蒔蘿，以濃郁的豆漿製成的奶油，看起來色香味俱全。煮到軟爛的洋蔥及冬天產的紅蘿蔔清甜可口，大蒜的香味具有畫龍點睛之妙，令人口水流不停，與帶點酸味的雜糧麵包簡直是天作之合。烤過的南瓜和蓮藕全都表面香脆，裡頭鬆軟綿密。

再客氣的人也無法苟同嘉姐平常的飲食習慣，唯有夏露做的伙食營養滿分，可以稍微平衡一下他平常亂七八糟的飲食習慣。

衝著夏露做的伙食而來的常客愈來愈多，不知不覺間，這裡已經變成晚上叫「Makan Malam」的消夜咖啡店。「Makan Malam」是印尼文「消夜」的意思。夏露每年為了採購布料，會去峇里島幾次，對當地路邊攤的美味消夜讚不絕口，所以才取了這個名字。

晚上的常客與白天來店裡買禮服的客層不同，不見得是跨性別者或熱愛舞蹈的人。有剛加完班要回家，累得像條狗的女人，也有住在附近破公寓的獨居老人。

總是大搖大擺坐在吧台前，與夏露是老同學的鮪魚肚老師通常是在暴飲暴食之後只是來喝杯茶。

「我來這裡以前，原本是不怎麼吃蔬菜的。」

克莉絲姐邊啃南瓜，邊喃喃自語地說。

「我聽說過長壽飲食，但總覺得吃不飽。可是吃過夏露做的料理之後，看法有了一百八十度的改變。不僅份量十足，滋味也很豐富，更重要的是，完全不會為腸胃造成負擔。我這才發現，有助於養顏美容的食物對身體肯定也很好。」

克莉絲姐自從來到這裡以後，雖然個子還是矮矮胖胖，臉型卻變得立體了。

「這麼說來，你變漂亮了耶。」

「算是醜八怪裡的美女吧。」

克莉絲姐含蓄地表示喜悅之後，眉峰隨即微微靠攏。

「可是啊，最近有件傷腦筋的事……」

好不容易住習慣的公寓房東透過仲介向他透露要把房子收回去的意思，嘉姐停下正舀湯來喝的湯匙。

腦海中浮現出白天幸也以銳利的眼神威脅他這一帶的公寓房東都開始接受搬遷的條件一事。

「明明前陣子才續約，很過分吧。要是非搬不可，就得重新在附近找房子了。」

克莉絲姐貌似還沒注意到拆遷效應已經在這一帶大範圍地擴散開來了。

「搬家的事已經確定了嗎？」

「還不曉得……」

嘉姐下意識地試探，克莉絲姐捧著臉頰回答。

「剛搬進公寓的時候，親切的房東大嬸就住在一樓，經常可以和他閒話家常。」

「親切的房東大嬸」去世後，由他兒子夫婦繼承，但克莉絲姐至今尚未與新房東直接碰到面。

「他們好像住在很遠的地方，管理和簽約都丟給仲介全權處理，我只有續約的時候在合約書上看過對方的名字。」

最近為了避免與住戶發生糾紛，很多房東都把一切委由仲介代管。

「這件事……」

嘉姐正要開口，突然有人從背後輕拍他的肩。

回頭看，嬌小的白髮老太太戰戰兢兢地對他說：

「我也想要那個髮夾，可以做成商品嗎？」

老太太指著嘉姐夾在假髮上的聖誕玫瑰髮夾。那是克莉絲姐嘔心瀝血製作的人造花首飾。

突然出現的顧客令克莉絲姐頓時羞紅了臉。

「那當然！不嫌棄的話，還可以指定顏色喔。」

克莉絲姐請老太太移駕到沙發上，兩人立刻打成一片，相談甚歡。

嘉姐邊喝湯，邊看他們並肩坐在沙發上談笑的模樣。

氣質很溫柔的老太太幾乎每晚都來吃消夜，是「Makan Malam」開店以來的常客。他也住在這附近的公寓，應該是獨居老人。白天看過好幾次他打掃被烏鴉弄亂的垃圾。

『就算你們堅決不答應搬遷，也可以只留下這裡，興建大型的社區大樓。』

白天幸也低沉的嗓音在耳邊甦醒。

萬一——萬一真的演變成那樣，像老太太這種住在破公寓的獨居老人究竟該何去何從呢。

景氣好轉頂多只是流傳於在大企業上班的那群人之間的都市傳說。

對包括自己在內的低收入戶一點好處也沒有。

不僅如此，就連這麼荒郊野外的巷子裡，都受到炒地皮的打擾。

看到深夜坐在這間屋子的沙發上享用消夜的人們，嘉姐有時候會聯想到停在樹枝上整理羽毛的候鳥。

失去樹枝的候鳥會掉進大海，被千層浪吞沒。

就連身為老闆的夏露也不例外。

「絕不能讓這種事發生——」

嘉姐小聲地嘟囔。

時序進入十二月後，街上的風景搖身一變。

嚴格地說，變的不是風景，而是人們的動作變快了，簡直像是以一點五倍速播放的DVD。

看著穿得一身厚重，小跑步在十字路口擦身而過的行人，嘉姮拉起手煞車，感覺今年終於也走到盡頭了。

為了迎接聖誕節和年終這個送禮的季節，流通業正式進入旺季。嘉姮打工的小貨運公司通常是外包指定一早送到等大型貨運公司忙不過來的工作來做，唯有這個時期要配送的年節賀禮多得跟大公司不相上下。

「可是，真令人暈頭轉向啊。都說不景氣、不景氣，日本的公司卻沒有削減這方面的經費，還是日本經濟真的復甦了呢？」

坐在副駕駛座名叫仲本的中年男子回頭看著貨架。

「這些全部都是年節禮品吧？幾乎都是啤酒和果汁。成天搬運這些東西，腰都直不起來了。」

拉長語尾說話是仲本的習慣。

基本上，快遞都是由一個人負責送貨，但仲本今天是第一天上工，被安排和打工已經老資格的嘉姮同乘一輛小貨車。

從剛才就一直說喪氣話的仲本因為上班的工廠倒閉，剛失去工作。白手起家，直到八十歲都還活躍在第一線的社長一住院，由過去從未出現在工作現場的長子接手，毫不留情地宣布工廠關門大吉。

「真是太無情了。兒子對老爸花了一輩子經營的工廠居然一點感情也沒有，一開口就說要變更用地，打算趁著被政府課遺產稅之前先賣掉。」

「是噢。」

「再怎麼說都是東京都內的工場，大概不愁找不到買家。」

「是噢。」

嘉妲無精打采地隨口應和。當他打扮成這樣的時候，情緒通常都很低落。

「話說回來，黑光老弟是從什麼時候開始打這份工的？」

「已經五年左右了。」

聽到他的回答，仲本不可置信地瞪大雙眼。

「什麼！你工作了五年還是打工仔？我該不會被騙了吧。面試的時候，面試的人告訴我只要做個半年，至少就能成為約聘員工。」

「哦，因為我的班表不能排得太滿，一直當個打工仔比較適合我，可以自由自在的……」

反正未來也沒有結婚的念頭，只要能養活自己，保持現況再好不過了。畢竟現在的自己是「掩人耳目的假面」。

「原來如此，黑光老弟還有其他想做的事啊。」

仲本對嘉妲的內心世界一無所知，自顧自地作出結論。

「感覺你像是會玩音樂的人。」

「呃，倒也不是。」

但也說不出自己想做的事是為禮服刺繡和製作首飾。

「年輕真好。」

「我已經不年輕了，就快要三十歲了。」

「三十還很年輕好嗎。哪像我，已經四十了。」

仲本低著頭，開始沒完沒了地抱怨起來。

「再這樣下去，別說不能結婚了，考慮到未來真的會很不安。年近四十以後，要找工作可不是一件容易的事。還是出生在東京的人比較吃香，至少老家還有資產。」

「我家雖然在東京，但房子是租的喔。」

嘉妲板著一張臉回答，仲本搔搔頭。

「這、這樣啊。那真是不好意思。能在東京都內擁有房產的人頂多只到團塊世代[13]呢。黑光老弟的父母肯定也很年輕……我老家在茨城，雖說是茨城也不是筑波，完全是鄉下，就算在那種地方擁有土地，別說是資產了，一想到還要為此付出遺產稅……」

聽仲本反覆唸叨，嘉妲開始覺得胸口有一把火愈燒愈旺。

不經意地想起上週見到的那個滿臉鬍碴的男人。

「要是在東京有土地，你會賣掉嗎？」

還沒意會過來，嘉姐已經開口了。

「如果可以高價賣出，當然會賣啊！」

仲本不假思索地回答，等到天荒地老的號誌燈同時變成綠燈。

嘉姐放開手煞車，發動小貨車。

「啊！說得也是，是人都想過得輕鬆一點嘛。看來我也沒資格批評社長的兒子。」

對仲本的嘆息充耳不聞，嘉姐回想上週的事。

十一月的最後一週，結束送貨的工作，跟平常一樣去看店的時候。

葉子已經完全變紅的大花山茱萸開始落葉。嘉姐原想先掃乾淨葉片，再陳列商品，可是當他換成女裝，拿著掃帚和畚箕回到中庭，有個陌生男人呆呆地站在門口。

「……你是這家店的老闆嗎？」

男人穿著帽T和牛仔褲，看起來不像房仲業者，鬆弛的下巴長滿了鬍碴。

「不，我只負責顧店。」

「那麼，可以請你把這封信轉交給老闆嗎？」

13. 日本戰後出生的第一代。狹義指一九四七至一九四九年的戰後嬰兒潮，廣義指一九四六至一九五四年出生的人。

男人推開門走進來的同時遞給嘉妲一封信，態度很強硬，但始終避開嘉妲的視線。

「你是哪位？」

男人把信封塞進嘉妲手中，頭也不回地跑走了。

難不成——是來投訴人妖的事嗎？

起初，對方的態度的確讓他有這種感覺。很遺憾，世上有太多人對他們懷有偏見。

可是，事情似乎不是那樣。

直射而來的夕陽令嘉妲瞇起眼睛，切換方向盤。

思前想後還是開封的信上寫著比恐人妖症更棘手的投訴。

男人是附近公寓的房東。

想趁炒地皮的人願意出高價的時候賣掉土地的男人，認為夏露的店遲遲不肯出售是在擋他的財路，這封信代表這一帶房東共同的意見——

以上內容用文字處理機打在Ａ４大小的紙上，最後還有「代表　木之元」的署名。

恐怕是帝國房屋的小峰幸也唆使他這麼做的。

不願讓夏露看見，所以這封信目前還在嘉妲手上。

那傢伙——

還想說最近怎麼都沒見到他出現，原來是去籠絡周圍的房東。

他肯定是想用這種溫水煮青蛙的方式逼他們搬家。

「開什麼玩笑！」

忍不住破口大罵，只見坐在副駕駛座的仲本嚇得魂飛魄散地看著他。

「啊，不是在罵你喔。」

嘉妲立刻擠出營業用笑容，但仲本已經完全嚇傻了。

傍晚時分，嘉妲騎腳踏車經過商店街的時候，有輛ＢＭＷ唯我獨尊地疾駛而過，差點撞到買東西的客人。

真是的，到底是哪裡來的混蛋，在這種買東西的時間——

往駕駛座瞪過去，嘉妲心裡一驚。

西裝筆挺的幸也正不可一世地握著方向盤，手上戴著高級的金錶。

有一瞬間想對他比中指，但對方絲毫沒有注意到穿著隨處可見的羽絨外套的嘉妲。

目送轉眼就絕塵而去的ＢＭＷ，嘉妲大皺其眉。

開ＢＭＷ的車、戴勞力士手錶，也太樣板化了。

那傢伙或許是從鄉下的小混混爬上來的——

騎到商店街外圍，嘉妲下車。

牽著腳踏車走進羊腸小徑，只見那位白髮老太太正在清掃落葉。雪白的銀絲用淺紫色的聖誕玫瑰髮夾束起來。

「您好。」

掀起棒球帽的帽簷打招呼，停下拿著掃帚的手，一臉呆滯。

「是我啦，是我！」

嘉姐搔首弄姿，老太太終於認出他是誰的樣子，臉上逐漸展露出笑容。

「嘉姐？」

「沒錯，現在是我掩人耳目的假面。」

克莉絲姐做的人造聖誕玫瑰意外適合老太太的白髮。

「這個髮夾很適合你喔。」

「真的嗎，好高興。」

老太太的臉頰染上紅暈，活像個少女。

「下次想請你們幫我製作過年用的髮簪，今年久違地想穿和服了。」

「是嗎，那也不錯呢。」

「我想年底稍微奢侈一下應該沒問題。話說回來，今年真的就快要結束了呢。」

進入十二月，轉眼就年底了。

「就是說啊。」

「上了年紀以後，總覺得時間過得好快。雖然我一個人也不會特別做些什麼。」

幾乎每晚都來店裡吃消夜的老太太大概也沒有家人吧。

「可是啊，我從現在就開始期待夏露過年做的湯了，期待得不得了……」

老太太展顏一笑，掩蓋掉不經意流露的寂寞神情。

這麼說來——

已經是這個季節了。

為了過年也一個人的獨居老人和無處可去的跨性別者，夏露從元旦就開店，那天還會供應從年底花大把時間精心熬煮的湯。

「那碗湯……」

光是回想起來，口水就要流下來了。

「實在太好喝了！」

嘉妲和老太太異口同聲地說，同時嚥了嚥口水。

之後又聊了兩三句，嘉妲突然在意起老太太住的公寓會不會也像克莉絲妲的住處那樣，收到房東「要求搬遷」的暗示。

雖然很想確認，但如果老太太還不知道的話，反而會害他陷入無謂的不安。告訴主動幫公寓前面打掃的老太太這種事未免太殘忍了。

「那就晚點在店裡見了。」

結果嘉妲什麼也沒問，就與老太太道別。

將腳踏車牽進中庭，打開玄關門。

「大姊，抱歉我遲到了！」

邊喊邊往廚房裡看，夏露穿著應侍生的圍裙，一臉古怪地盯著白色保麗龍盒子看。

「怎麼了嗎？」

海的味道撲鼻而來。

「哎呀，嘉妲，你來啦。」

原本在發呆的夏露這才發現嘉妲。

夏露打開保麗龍盒子給嘉妲看，嘉妲看見內容物，發出「哇！」地一聲。

「這是怎麼來的？好棒啊！」

裝滿了冰塊的保麗龍盒子裡是一層又一層塞得滿滿的帶殼大牡蠣。

「聽說是今天早上剛撈上來的。」

「難不成是客人送的？」

「嗯，就是這麼回事。」

由於夏露總是以公道的價格提供美味的伙食，收到這樣的饋贈並不稀奇。

稀奇的是，夏露今天的臉色始終不太對勁。

「大姊？……」

「先來剝殼吧。」

彷彿要打斷嘉妲的問題，夏露拿起小刀。

「你願意幫忙嗎？但是要戴上手套喔，以免受傷。」

夏露動作利索地遞來塑膠手套和小刀，嘉姐閉上嘴巴。

該不會是——

嘉姐心裡有股不祥的預感。

該不會是夏露已經察覺到附近公寓的房東聯合起來，打算賣掉這一帶的事吧。

「木之元」給他的信還在刷毛外套的口袋裡，突然變得好沉重。

「一半做成豆漿牡蠣巧達湯，另一半直接帶殼下去烤吧。」

無視於嘉姐的擔憂，夏露已經恢復成開朗的表情。

在冰冷的細雨中回到家，嘉姐立刻打開暖被桌鑽進去，待冷到骨子裡的雙腳慢慢地溫暖起來，忍不住發出深深的嘆息。

嘉姐經常覺得再也沒有比暖被桌更暖和的發明了，不是空調，也不是電暖爐。唯有一旦鑽進暖被桌就再也不想出來這點倒是挺傷腦筋的。

拿起桌上的橘子，嘉姐靜靜地側耳傾聽連綿不絕的雨聲好一會兒。下雨的夜晚，總是讓人打從心底覺得寒冷。

這幾天，夏露白天晚上都沒開店。據他說是年底要忙的事很多，暫時不在家。

不能做他最喜歡的裁縫，也不能吃到伙食固然遺憾至極，但那家店原本就是配合夏露的空檔時開時不開，所以現在這樣也沒辦法。

話說回來，上禮拜的伙食也太豐盛了，現在回想起來都還垂涎欲滴。

新鮮的牡蠣肥嫩飽滿，滋味十分濃郁。做成巧達湯當然也很美味，但是把酢橘擠在熱呼呼的烤牡蠣上，一口氣吞下時的興奮令人難以忘懷。香滑綿密的牡蠣濃縮了大海的精華，充滿在整個口腔裡，令腦髓為之麻痺，真是令人大飽口福。

除此之外還有無農藥的蘋果，只稍微烤過，味道就跟地瓜沒兩樣的安納芋、當季的鰤魚等豪華的禮物接二連三地送來，夏露也充分發揮廚藝，讓「Makan Malam」的常客吮指回味、讚不絕口。不曉得是誰送的食材，但此人顯然非常懂吃。

享受過那麼美妙的食物之後，一個人的晚餐實在是太寂寞了。

話雖如此，也不能什麼都不吃。

把手插進口袋裡，正要站起來的瞬間，嘉妲的指尖摸到一張紙，悚然一驚。

他完全忘了木之元給他的那封信。

然而，最近也都沒看見幸也。夏露什麼也沒說，或許強迫搬遷的事已經取消了。

這麼想的話，心情會稍微輕鬆一點。

嘉妲站在狹窄的廚房裡，拿起小魚乾。

平常只會做點簡單的料理，但他想學夏露，唯有高湯從頭仔細熬起。

在裝滿水的鍋子裡放入小魚乾和柴魚片，嘉妲突然想起來蹭小魚乾吃的虎斑貓。

如此冰冷的雨夜，野貓們都躲在哪做什麼呢。這幾天店也沒開，或許正餓著肚子也說不定。

明天下班回家時準備一點東西給牠吃吧。

嘉妲看著開始沸騰的鍋子，下定決心。

第二天傍晚，嘉妲在超級市場買了貓食，走向商店街的外圍。

走在巷子裡的時候，發現店裡有燈光透出來，大概是夏露回來了。如果是這樣，為什麼不跟他說一聲呢。

「大姊？……」

打開玄關門，發現三和土的地板上有雙男用的皮鞋。

客人？——

這時，耳朵捕捉到屋子裡傳來一把熟悉的聲音，嘉妲甩掉球鞋，衝進走廊。

「你這混蛋，居然擅自闖進來！……」

氣沖沖地推開房門，隔著吧台對坐的兩人驚訝地看著嘉妲。

果然沒錯。

與脂粉未施的夏露對坐的果然是西裝筆挺到令人生厭的小峰幸也。

吧台上擺著好幾張文件，夏露正要簽名。

「等一下，大姊，你要做什麼！」

嘉妲一個箭步上前，掃落吧台上的文件。文件在地板上散落一地，幸也臉色大變。

「你才是，突然發什麼神經！」

幸也回瞪嘉妲，表情夾雜著驚訝與憤怒。看來似乎沒認出沒穿女裝的嘉妲。

「你這個不要臉的房仲業者，前天不是才來過嗎？」

嘉妲的怒吼令幸也睜大了雙眼。

「你是平常那個死人妖啊。」

「少囉嗦！你是怎麼威脅大姊的！」

「我只是正常地做生意，有問題的是你吧，別來打擾我們。」

「閉嘴，炒地皮的！」

夏露不可能甘願將放棄一切才得到手的這家店拱手讓人。過去無論房仲業者再怎麼糾纏不休來拜訪，夏露也沒正眼瞧過對方。

如今突然願意坐下來談，只能想到對方一定是抓住什麼致命的弱點威脅他。

嘉妲撲向正拾起文件的幸也，打算搶過來撕掉。至此，幸也的臉上也浮現出真正的怒氣。

「做什麼啦，你這個死人妖！」

「少囉嗦，我早就知道你使出了骯髒的手段。」

「我用了什麼骯髒的手段？」

幸也抓住嘉姐想拿回文件，嘉姐也不甘示弱地應戰，兩個大男人頓時扭打成一團。

「木之元他們是你教唆的吧。」

「什麼？你在說什麼。是他們彷彿蜜蜂看到花蜜地主動找我談好嗎。」

「你考慮過被趕出去的人作何感想嗎。」

「他們的想法關我屁事。」

兩人搶奪變得縐巴巴的文件，不小心腳底絆了一跤，雙雙跌在地上。幸也的襯衫袖釦因此彈飛。

「好痛啊！王八蛋！」

似乎完全氣瘋了，幸也臉色猙獰有如惡鬼，他抓住嘉姐的衣領把他壓制在地板上。

「房地產又不是慈善事業，像你們這種垃圾要去哪裡，關我什麼事。說穿了，這是個弱肉強食的世界！」

幸也跨坐在嘉姐身上，大聲怒吼。

這時，耳邊傳來響亮的掌聲。

回過神，揚起臉，夏露正一臉被他們打敗地拍著手。

「沒錯，你說得一點都沒錯，這個世界本來就不公平。」

夏露雙手扠腰，側著綁上七彩頭巾的腦袋瓜。

「可是啊，這家店目前還是我的，可以請你們兩個大人不要在我的店裡扭打成一團嗎。這裡的東西從家具到擺設都是我從四處蒐集回來，獨一無二的寶貝喔。」

意識到吧台上的黃銅青蛙和蠟燭都被掃到地上，嘉姐覺得很過意不去，幸也也放鬆了按住自己胸口的力道。

不約而同地放開彼此，嘉姐和幸也雙雙背向對方，站了起來。

「真是的，你還是這麼衝動。」

夏露不以為然地搖搖頭。

「可是大姊！……」

嘉姐依舊忿忿不平。

「你怎麼突然對這傢伙言聽計從，到底發生了什麼事？」

「說得也是。」

夏露平靜地望著拚命想說服他的嘉姐。

「完全沒跟你商量是我不好。只是，世界上有些事是怎麼努力都無法改變的。」

「怎麼會？這裡不是大姊費了好大一番工夫才買下的店嗎。」

「是這樣沒錯，但我只有這裡的地上權。」

「地上權……」

陌生的字眼令嘉姐一時語塞。

「東京的土地大多分成地上權和土地所有權。賣給我地上權的老闆已經去世了，那個人的姊姊擁有這一帶的土地所有權，他才是真正的地主。」

「而那位地主是木之元的親戚。」

幸也接著說，嘉妲完全啞口無言了。

「這下你明白了吧。」

夏露對茫然自失的嘉妲點頭示意。

「倘若這是地主的意思，我一個人再怎麼努力也沒用。」

「才沒有這回事！」

嘉妲吶喊，試圖趕走浮現在夏露臉頰上，帶著寂寞的笑容。

「只要跟住在公寓裡的克莉絲妲和常來的老太太一起向地主抗議不就好了，任憑對方予取予求也太消極了。」

「別傻了。」

幸也嗤之以鼻地笑著說。

「你們的抗議能起什麼作用。現在可是有人願意用高於市場行情的條件買下這片只有破公寓的髒亂土地喔。原本就靠父母留下的土地收租過日子，從未認真工作過一天的人才不會放過這種千載難逢的機會。」

腦海中頓時浮現出木之元滿臉鬍碴、有氣無力的樣子。

若能出生在東京，老家就是資產。若能高價賣出去，當然就賣掉。

是人都想過得輕鬆一點——

原本只是左耳進、右耳出，仲本說過的話漸次在耳邊甦醒。

「我並沒有使什麼骯髒的手段，這一切都是住在這裡的人自己決定的。明白了嗎，死人妖！」

幸也彎腰撿起被扯掉的袖釦。

「可……」

嘉妲的身體開始顫抖。

「可惡！」

意識過來的時候，他又衝向幸也了。

可惡——

這個世界真的是弱肉強食。就像這樣，所有的好處都被強者吃乾抹淨了。可是成為幫兇的，卻是這種到處都有的小市民。只要眼前芝麻綠豆大的利益，就連靈魂都能輕易出賣。

明知是遷怒，卻又無法不遷怒。

他恨透了木之元和這個男人。

「你這個人妖想做什麼！」

幸也沒料到嘉姐會突然發動攻擊，這次換他被制伏在地上。抓住彼此的手臂，在地上滾過來又滾過去，推倒了一堆桌椅，但根本沒人在乎。

「你們給我差不多一點！！」

冷不防，怒不可遏的大吼響徹了整個房間，嘉姐和幸也全都嚇得動也不動。

提心吊膽地抬起頭來，夏露就站在他們面前，臉上罩著一層寒霜。

「我不是叫你們不要在別人的店裡動手動腳嗎！」

嘉姐已經有十年沒看過夏露露出男人的那一面了，跟以前在電視裡看到的大魔神一樣恐怖。

「真是的……」

夏露看著已經完全嚇到僵硬的嘉姐和幸也，大大地嘆了一口氣。

「帝國房屋的小哥，今天就先不簽約了。我今晚會好好解釋給我這個妹子聽，不好意思，請你再送一份新的合約過來。」

掉在地上的合約已經破破爛爛，無法再用了。

「還有，你們要把店裡恢復原狀。否則帝國房屋的小哥也別想要回去喔。」

夏露丟下這句交代，翩然轉身，消失在吧台深處。

一旁的幸也咂著嘴站起來。看到他開始掀起被推翻的沙發，嘉姐只好幫忙。

「你還滿聽話的嘛。」

「什麼？」

幸也立刻目露兇光。

「別開玩笑了，我是因為要簽約，只好先忍耐一下。笨——蛋！」

「喂……」

這傢伙，以前絕對是道上混的——

彼此互相仇視，但終究不敢再打起來。

觀葉植物的花盆被打翻了，土撒得到處都是。最後只能拿出吸塵器認真打掃起來。

嘉妲和幸也面對面，默默地收拾。

把黃銅青蛙擺飾放回吧台上，嘉妲打開鼻子的雷達。吧台深處傳來甜甜鹹鹹，令人懷念的味道。

肚子餓得咕嚕咕嚕叫。

今天忙著送貨，中午只利用開車的空檔喝了提神飲料。

「如何？恢復原狀了嗎？」

端著托盤回來的夏露環顧室內。

「收拾得很乾淨嘛。」

夏露滿意地頷首，開始在吧台上擺放三人份的筷子。

「等一下，大姊！這傢伙也有份嗎？」

「開什麼玩笑，我要回去了。」

夏露搖搖頭，打斷嘉妲和幸也幾乎是異口同聲的抗議。

「不行喔，小峰先生。如果你想要我簽約，就坐下來吃了再走。」

「大姊！你到底怎麼了。」

「我才不要吃人妖做的菜呢。」

兩人再度同時發難。

「都給我住口！」夏露大喝一聲。「我也不想平白接受白天晚上都不來光顧的人送的東西喔。這是我的信條。」

「咦？……」

也就是說——

那些豪華的食材都是幸也送的嗎。

「知道的話，就給我乖乖坐下。可是不好意思，今天跟平常的伙食不太一樣。原本是我為自己準備的晚餐，所以非常簡陋。」

放在吧台上的是燙菠菜、芋頭和油豆腐的味噌湯，還有滷豆渣。

甜甜鹹鹹的味道是從剛起鍋的豆渣發出來的。

幸也雙眼發直地盯著吧台上的餐點。

「小峰先生，看不出來你年紀輕輕的卻相當懂吃，不過偶爾吃點簡單的東西也不錯。如果你希望我簽約，就請配合我的信條。」

大概是看在合約的份上，幸也立刻拿起筷子，自暴自棄地開始動筷。然而，當他吃下一口豆渣時，頓時停下原本用塞的動作。

幸也長長地嘆了一口氣。

這傢伙，該不會是瞧不起豆渣這種窮人吃的食物吧——

嘉姐火大地將視線從幸也身上移開。

在那之後，三人之間沒有對話，默默地吃飯。

剛煮好的豆渣樸素歸樸素，滋味卻很有層次，和一半糙米、一半白米的飯很對味。可是幸也每吃一口豆渣就長嘆一聲，令嘉姐耿耿於懷，無法好好享受食物的風味。

嘉姐今天才知道，再好吃的料理，一旦一起用餐的人不對，就無法好好享受。

「大姊，你真的要收掉這家店嗎？」

等到幸也離開，屋裡只剩下他們兩個，嘉姐詢問正背對著他泡茶的夏露。

「我有什麼辦法。萬一周圍都變成空地，就算我想繼續，也沒心情好好開店。」

夏露苦口婆心地勸解，嘉姐不知怎地，總覺得莫名不安。

「騙人！……大姊，你是不是有什麼苦衷？」

這時，耳邊傳來抓玻璃的聲音。

虎斑貓出現在中庭，吵著要東西吃。夏露打開玻璃門，虎斑貓一溜煙鑽進屋子裡。

嘉姐想起自己買了貓食，站起來，把貓食倒進貓咪用的碗，沒想到貓咪連看都不看一眼。

「喂，你怎麼不吃呢。」

這麼說來——

上禮拜餵牠吃了很多幸也送的鰤魚邊邊角角，貓咪大喜過望，邊吃邊喵喵叫。嘗過鰤魚的滋味，也難怪會對貓食不屑一顧了。

領悟到今天只有貓食可吃，虎斑貓頭也不回地就要離開。

「這傢伙是怎麼回事。」

彷彿在小貓身上看到對豆渣嘆氣的幸也，嘉姐的氣不打一處來，抓住貓咪的尾巴，限制牠的行動。正當他按著不住掙扎的虎斑貓，夏露在他背後說了一句話。

「我……了。」

那一剎那，嘉姐動彈不得。

虎斑貓掙脫他變得無力的箝制，從玻璃門的縫隙衝進黑暗裡。

行道樹的銀杏葉已徹底凋零，路上到處都是被風吹成一堆一堆的落葉。

早上九點的白金通上，趕著上班上學的人潮告一段落，充滿了閒靜的氣息。

瞥了一眼帶狗散步的人優雅地在露天座位喝茶的時尚咖啡廳，嘉姐把棒球帽的帽簷往下拉到遮住眼睛，靠著手機裡的地圖，走進巷子裡。

沒多久，眼前出現了一棟破舊到令人訝異白金居然還有這種地方的老公寓。

滿是塵埃的信箱只有房間號碼，沒有個人名牌。

然而，比對過夏露託付他的合約上的地址，是這裡沒錯。

走進非但沒有自動鎖，連電梯也沒有的老公寓，嘉妲爬上五樓，走廊盡頭是鐵鏽斑斑的鐵門。

假使地址沒錯，那這裡就是帝國房屋的辦公室。

按下門鈴，沒有反應。送貨時感受到的拒人千里迎面而來。

又按了一次門鈴，還是沒有反應。

心想或許真的沒人在，按下第三次門鈴時，鐵門的另一邊終於有人的感覺。

「誰啦，吵死人了。」

出現在門裡面的人影令嘉妲倒抽了一口氣。

男人完全是剛起床的模樣，運動服的外面披著一件縐巴巴的刷毛外套，呆若木雞地看著自己。

「……你到底想幹嘛啦。」

男人抓了抓睡得亂七八糟的頭髮，非常不爽地咂了咂嘴。

與看習慣的樣子相差太遠，猛一看還以為是別人，但男人無疑是小峰幸也。

嘉姐默默地秀出裝有合約書的信箱，幸也長嘆一聲，解開門鏈。

「帝國房屋」的辦公室與嘉姐住的公寓大同小異，是個只有三坪的小房間。

「怎麼派你當代表啦，就沒有別人了嗎。」

「少囉嗦。」

嘉姐跟在一路踢開垃圾的幸也背後走進房間。

桌上的筆記型電腦是唯一的辦公用品，再來只有被子從來不摺的床鋪和蔓延到床上的啤酒空罐及便利商店便當的空殼。牆邊有張硬塞進去、破破爛爛的沙發，上頭堆著好幾件還套著塑膠袋的西裝。

「你真的是個騙子耶。我甚至有點佩服你了。」

「我什麼時候騙過人了。」

幸也惱羞成怒地冷哼一聲。

「是你們自己想太多吧。港區或中央區多得是這種空殼公司，因為客戶只看地址就以為一定是高級地段。西裝是租來的，車子也是大家輪流使用，有什麼問題嗎？」

幸也拉過菸蒂已經堆成一座小山的菸灰缸，點起一根菸。

「等等，要抽菸的話，至少開個窗吧。」

「你不要穿成那樣講話跟娘們一樣，感覺很噁心。」

幸也不爽地大皺其眉，但還是打開窗戶。

「要取得信任太容易了，只要穿上好的衣服、開好車、帶上有品味的禮物去拜訪，一下子就能搞定。外表比什麼都重要喔。」

窗外只能看見隔壁的大樓牆壁。

「所以呢？這次在合約上簽名了吧。」

嘉姐無言地遞出信封，幸也一把搶去，打開信封檢查，然後露出滿意的笑容。

「……我有個請求。」

「我可沒有。快滾回去，死人妖！」

幸也沒好氣地揮揮手，就想打發明明只要用寄的就好卻特地跑一趟的嘉姐。

「你說什麼！……」

「住手，別亂來喔。你在這裡亂來的話，我就報警說你非法侵入民宅。」

「那我就拍下這裡的照片，公布在網路上。」

嘉姐舉起切換至相機模式的手機，但幸也根本不放在眼裡。

「隨便你。反正帝國房屋也只是為了這次收購土地用的空殼公司，任務完成就要落跑了。」

「你真的是人渣耶！」

正要把掉在地上的清涼泳裝雜誌扔向幸也時，有隻黝黑的蟲子從垃圾裡爬了出來。

「哇啊啊啊！」

直到剛才都還天上地下唯我獨尊的幸也，突然發出令人難以置信的窩囊尖叫聲。不知為何，原本四處奔逃的蟑螂居然一直線地衝向幸也。

「哇啊啊啊啊啊啊！」

幸也整個人巴在牆上，臉色蒼白。

嘉姐捲起雜誌，瞄準蟑螂，一拍就送牠上西天。

幸也驚魂未定地從牆上滑落。

「你真的很虛有其表耶。」

「要你管，我從以前就只怕這種蟲……」

「既然如此，房間就要保持乾淨啊。」

嘉姐用面紙包起蟑螂，幸也尷尬地低著頭。

「你以前應該是不良少年吧？」

「你不也是嗎。」

看來不是只有嘉姐在對方身上聞到同類的氣味。

「可是別把我跟你混為一談喔。從不良少年變成人妖，你是哪根筋不對勁了。像我這種炒地皮的還比較正常。」

「哪裡正常了。」

幸也說得牽強，嘉姐報以苦笑。

「我以前的確不是什麼好東西，但現在不一樣了。至少我並不討厭現在的自己。」

自從與夏露相遇以後。

不——

「相遇以後這種說法有漏洞。我高二的時候被同伴帶去搶劫那個人的店。」

「真的假的。」

幸也抬起頭來反問，嘉妲點頭。

「當時，那個人的店不是現在這個地方，而是在商店街的補習班對面……」

「人妖」開了一家奇怪的店，我們去搶劫店裡的營收吧。

一開始只是個單純的提議。

同伴間普遍有一種扭曲的心態，認為對方是跟正常人不一樣的人妖，無論遇上什麼事都是罪有應得。

「然後呢？」

幸也忍不住被這個話題吸引住了。

「被打得潰不成軍。」

那已經不是反擊這麼簡單的程度了。

「真的是被打得體無完膚。我們還帶了鐵棍，但根本派不上用場。以為對方是人妖就掉以輕心。其實仔細想想就知道死了，因為當時的大姊比現在還壯一倍。」

「真的假的。」

幸也聽得瞠目結舌，因為夏露現在也很壯。

「聽說他大學時代玩過橄欖球，出社會以後也持續在鍛鍊。」

「真是個可怕的大叔呢。」

「只會虛張聲勢的軟弱不良少年根本不是他的對手。」

嘉姐推開西裝的小山，在沙發上坐下。

「那個時候，我對自己還不了解，不明白自己為什麼這麼痛苦，每天都過得戰戰兢兢。所以一點也不在乎傷害別人。」

既然自己這麼痛苦，稍微讓別人吃一點苦痛有什麼關係——

他曾經真的這麼以為。

「是大姊抓住我的肩膀，用力搖晃，嚴肅地告訴我那是不對的。」

那只是表面的刺激。

就算刺激到表面，也只會渴求更深層的刺激，無法治好真正的疼痛。

夏露告訴他，這就跟不從姿勢矯正的話，就無法消除身體的痠痛一樣。

傷害別人，你真的會開心嗎？

只會變得更不開心吧。比起傷害別人，還不如找出能讓自己真正開心的方法——

「……所以你的『開心』就是變成人妖嗎。」

幸也傻眼地將香菸捻熄在菸灰缸裡。

「或許就是這樣。」

壯碩的身體塞在禮服裡的夏露帶來的視覺震撼太強烈了，起初很難相信世上居然有這種人。

朋友約自己去搶劫的時候，他其實想更仔細地參觀一下店裡。

夏露極其自然地接納了後來沒事就去店裡轉轉的嘉妲。

「也是大姊教我如何與不知該如何是好的自己和平相處。」

「方法是……男扮女裝嗎。」

見嘉妲點頭，幸也的表情愈發複雜。

「那時願意接納我的只有大姊。」

光是打扮成女人在店裡裁縫，就能讓躁動不安的心平靜下來。

「大姊三番兩次告訴我，至少要讀到高中畢業。我真的很感謝他。事實上，出社會以後，國中畢業和高中畢業的自由度天差地別。」

這句話似乎觸動了幸也，只見他沉默不語。

「拜託你，賣掉土地的事可以再等一下嗎？」

嘉妲低聲懇求。

夏露那天晚上說的話言猶在耳，意識過來的時候，眼淚已經滴落在膝蓋上。

「你突然發什麼神經啦。」

看到嘉妲突然落淚，幸也也很不知所措的樣子。

「大姊生病了。」

夏露終於告訴嘉妲，自己得了現在進行式的病。

「叫做濾泡癌，是甲狀腺癌的一種。本來是好發於女性身上的疾病，沒想到就連這點也很有大姊的風格……之所以總是在脖子上圍一條絲巾，就是為了掩飾手術的痕跡。明明是所有癌症中擴散得比較慢的……」

癌細胞已經轉移了——

再度想起可怕的字眼，視野一口氣變得模糊。

其實應該更早發現的。

夏露白天出門就是為了檢查。

可是卻下意識地拒絕接受這個事實。畢竟夏露看起來一直很有精神，心情也很好的樣子。更重要的是，嘉妲自己不想承認。

所有權的問題再怎麼棘手，換作是平常的夏露，應該不會這麼輕易地放棄那家店。

「過完年就要動手術了，據說存活率只有百分之五十。」

嘉妲的語尾顫抖，不敢真的說出口。

夏露恐怕是考慮到最壞的結果，才決定放棄那家店的。他肯定是想趁著可以高價賣掉地上權的時候，留點東西給大家。

那個人直到最後一刻還在為別人著想——

淚水不聽使喚地紛紛落下。

「所以可以請你再等一下嗎？至少在手術的結果出來以前不要去煩他。」

幸也默默地看著握緊拳頭，泣不成聲的嘉妲。

「……不好意思，辦不到。」

然後以沉重的語氣回應。

「我都已經這麼低聲下氣地求你了。」

嘉妲感到心灰意冷。

「事到如今，已經無法挽回了。是土地的所有權人要賣地，我已經無力阻止了。」

幸也的工作只有收購土地，接下來輪到旗下有不動產部門的大公司負責。

「我只是家外包公司，無權過問接下來的事。說穿了，我也只是個小人物……」

幸也從聲帶裡擠出來的聲音令嘉妲無言以對地低下頭。

嘉妲已經想不起來自己在那之後是怎麼坐電車回到商店街的。只是依照習慣拖著腳步，六神無主地走在那條羊腸小徑上。

不管想什麼，湧上心頭的都只有憤怒與惆悵。

可惡、可惡、可惡……

每個人都只會西瓜靠大邊。

這世界之所以會變得這麼莫名其妙，無非是只想輕鬆過日子的我們造成的。

可是，這樣真的能過得心安理得嗎。

「嘉姐。」

有人喊住他的時候，嘉姐差點放聲大喊。

回頭一看，白髮老太太正把三色堇種在盆栽裡。

「抱、抱歉啊，倒也沒有什麼特別的事。」

或許是自己的表情太過於猙獰，老太太浮現受驚的微笑。

「沒事沒事，我只是剛好在發呆。」

嘉姐連忙裝沒事。

「話說回來，這是什麼？好漂亮的花。」

「對呀。這裡實在很殺風景，所以我想放一些花盆來增色。寒冷的季節有點黃色的花，看起來也明亮多了吧？」

老太太柔柔一笑，舉起黃色的三色堇盆栽。

明明有住戶對這個地方這麼有感情——

房東從不曾來打掃的公寓前面都是老太太掃的，一想到老太太的心情，嘉姐的胸中又噗滋噗滋地湧出新的憤怒。

「沒用的。」

回過神來，這句話已經自顧自地脫口而出。

「什麼？」

老太太不明所以地反問，嘉妲終於控制不住自己的嘴巴。

「這一帶馬上就要賣掉了。地主已經決定了。我們的店也要收起來了。」

那一剎那。

三色堇從老太太手中滑落。陶土製的花盆裂開，泥土飛濺在狹窄的巷弄裡。

「啊！……」

嘉妲終於恢復理智時，老太太已經衝向自己的公寓。

一樓角落的門砰然關閉。

自己到底說了什麼。

老太太的房東大概什麼都還沒跟他說。

回想老太太瞳孔裡浮現的驚愕之色，嘉妲好想痛毆自己一頓。

可是——大家遲早都會知道的。

嘉妲在巷子裡蹲下來，靜靜地拾起散落一地的三色堇。

打開大蒸籠的蓋子，嘉姮小心翼翼地從裡頭拿出白瓷陶甕。

聖誕節過後，嘉姮每天都重複著這個大工程。

製作這麼費時費工的料理還是有生以來第一次。

幸好利用聖誕節假期回日本的城之崎塔子幫了他大忙。

塔子以前是消夜咖啡店的常客，後來放棄在大型廣告公司升職的機會，提早退休，目前在上海開了一家顧問公司。

「我也聽過這種湯，那是上海過年一定要有的料理。那邊的過年是農曆春節，我聖誕節會回日本，基本食材就交給我吧。」

嘉姮寫信與塔子商量後，塔子立刻請纓在當地買齊所有需要的高級食材。

乾鮑魚、烏參、干貝、蝦米、龍眼乾、金華火腿、魚翅、紅棗、枸杞……

使用的幾乎都是乾貨。

「還有高麗人參和當歸，這些都是從真正值得信賴的地方買來的。」

塔子直接從機場殺到店裡，從行李箱裡拿出好幾種中藥材。

塔子說他在當地報上夏露過年都會做的那道湯的名稱時，一向與塔子交好的中藥材行的老闆們便為他精挑細選了這些藥材。

塔子還細心地翻譯了所有中藥材的處理方法和乾貨要怎麼泡水還原的方法。語言原本就是塔子的強項，但出發前還只會講英文，想必是下了苦心研究中文吧。去上海半年，塔子的中文程度已經進步到日常生活中不會有任何語言不通的困擾了。

好久不見的塔子年輕得不可思議。

一個單身女子要在異國闖出一番事業絕不是件容易的事。

但是和差點在組織裡失去自我的時候比起來，塔子看起來神采奕奕多了。

「夏露還好嗎？」

對照翻譯和夏露留下的食譜時，塔子細細長長的眼眸裡浮現出擔心的神色。

「手術前不能太操勞，但還算很有精神喔，還會抱怨已經吃膩了醫院的伙食。」

嘉姐盡可能挑好的回答。

「我打算大年初一帶這道湯去給他喝。」

「既然如此，一定要做得比夏露原創的更好喝才行。」

塔子也打起精神，幫忙準備材料。

將乾貨及中藥材泡水還原後，夏露的同學——柳田老師來了。柳田和剛放寒假的璃久一起用手推車載了很多學校菜園種的冬季蔬菜來。

「御廚怎麼樣了？」

嘉姐比照回答塔子的答案回答柳田的問題。

「那傢伙才不會這麼輕易被病魔打敗呢。過年期間我也會來。」

柳田在學生璃久面前裝得泰然自若，其實誰都看得出來，他擔心得不得了。

「這個給夏露叔叔聽。」

璃久將MP3放在吧台上。那裡頭錄有他利用秋天和祐太比賽蒐集的蟲聲。

「我錄到了蟋蟀、螽斯、凱納奧蟋，還有灶馬和紡織娘的叫聲。」

這對於在病房裡快要無聊死的夏露肯定是求之不得的禮物。

「真不愧是昆蟲博士呢，夏露一定會很高興的。」

嘉妲的回答讓璃久展顏微笑。

柳田搭著璃久的肩，拖著手推車回去了。

「還不用放入白菜和蔥之類會發出香味的蔬菜呢。」

比對過夏露的食譜，嘉妲把剛收到的蔬菜放進貯藏室。

在十二月的最後一個工作天上門的是安武櫻。

櫻原本是想採訪「Makan Malam」的記者。夏露雖然堅決不接受採訪，但櫻後來也成了普通的客人，來過「Makan Malam」好幾次，也曾買下嘉妲繡上珠珠的室內拖鞋。

「我聽說嘉妲要煮湯……」

櫻帶來肥美的乾香菇。

「這是我去採訪的時候順便買的。」

櫻還是老樣子，馬不停蹄地到處採訪，但臉上已不復見第一次出現在店裡時那種走投無路的表情了。

「夏露的病不要緊吧？」

同樣的問題，同樣的答案，櫻也走進廚房，幫忙熬湯。

「這道湯好厲害啊。莫非是像這樣花上好幾天，一點一點加入各種食材用煮的？

我從沒吃過這種料理。」

正因為是這麼費工夫的料理，夏露也只有過年才會做。

「所以這是過年限定的特別料理喔。」

每年都有許多常客很期待這碗湯。

從過年前的一個禮拜就要開始準備。

「所以大姊稱這碗湯為等待除夕夜降臨的湯。」

「哦，就像聖誕節的倒數月曆那樣嗎？」

等待降臨（Advent）——等待某個特別的日子到來的期間。

西方人有一天一天戳破月曆，等待聖誕節降臨的習慣。

夏露比照這個習慣，將每天準備這碗湯的作業視為元旦的倒數計時。

「簡單一句話，就是這碗湯一旦完成，就要過年了的意思。」

「嘉姐，我過年也可以來嗎？」

「當然可以，你已經是這家店的常客了。」

聽嘉姐這麼說，櫻露出發自內心的笑容。

在那之後又過了三天，終於來到除夕。

嘉姐站在陶甕前，回想這幾天帶著各種伴手禮，陸續來廚房找他的那些人。

今年的湯真的是萬眾期待。

大家都翹首以盼。

等那個人回來過年。

陶甕放涼還要一段時間，嘉姐回到吧台的同時，門鈴響起。

「來了。」

推開玄關門，認出站在門口的人物時，嘉姐大吃一驚，又彷彿打從一開始就知道他會來了，感覺非常不可思議。

既不是貼身的高級西裝，也不是縐巴巴的刷毛外套，小峰幸也穿著到處可見的普通夾克，站在門口。

「你在煮湯吧。」

大片熬湯的昆布不由分說地一把塞進嘉姐懷裡。

「……乾貨早在一週前就已經處理完畢了。」

嘉姐低喃，幸也一臉大失所望的表情。

「先別失望，我想想看還能不能加進去，畢竟貨色看起來還挺不錯的。」

「那當然。」

「先進來再說。」

幸也起先有些遲疑，但終究還是鼓起勇氣，抱著大大的波士頓包進屋。

「怎麼了？你要上哪兒去？」

嘉姐進吧台泡茶，問道。

「因為這裡的工作已經結束了。」

幸也坐在鋼管椅上，不當一回事地說。

「託你們的福，這次的工作完全失敗了。」

幸也喝了一口嘉姐泡的薑茶，皺著眉頭說：「這是什麼玩意兒？好奇怪的茶。」

手肘撐在吧台上。

「你們知道多少？」

「我真的什麼都不知道。」

「少騙人了。」

「我沒有騙你。要是我早知道的話，才不會特地去求你呢。」

說得也是。幸也同意，長嘆一聲。

「我們這些逼人拆遷的，通常都會用『活的東西』來籠絡頑固的對手。」

「活的東西？」

「沒錯。如果是不肯收下見面禮的人，就帶築地的魚貝類等去拜訪，推說活的東西帶回去也不知怎麼處理，硬要對方收下。對方一旦吃下那些東西就很難拒絕我們了。」

用這種方式一寸一寸地攻城掠地，對方最後都會答應他們的要求。

「這方面我也算身經百戰了，你們該不會也使同樣的手段去收買那個老婆婆吧？」

「怎麼可能。」

幸也瞪著嘉姐的臉好一會兒，然後「啊——啊——」地發出無可奈何的吶喊，伸了個懶腰。

「居然輸給一碗湯，真是太莫名其妙了。」

幸也破罐子破摔又開始啜飲薑茶，嘉姐凝視他的側臉，回想逆轉勝那天發生的事。

那是很普通的一天。

夏露簽下合約，由嘉姐送去給幸也的第二天。

夏露與往常無異地準備伙食時，突然響起震天價響的門鈴聲，幸也和另一個有過數面之緣的中年男子殺進店裡來。

木之元？——

嘉姐想起他是誰的同時，木之元大吼大叫：

「阿姨，我找你好久了。你不答應賣掉土地是怎麼回事？」

白髮用淺紫色的聖誕玫瑰髮夾固定住的老太太坐在男人大聲嚷嚷的前方。

老太太當著呆若木雞的嘉姐，悠悠地從沙發上站了起來。

「哪有怎麼回事，也不先知會我一聲，就自作主張地想賣掉土地的人是你吧。」

一向穩重的笑容從老太太臉上消失，眼神堅毅地看著木之元。

「這一帶的土地是我爸留給我和妹妹的，妹妹去世的時候，依照他的遺言，地上權歸你們所有，但土地的所有權人還是我。絕不許你不經我的同意擅作主張。」

老太太嚴厲的語氣令木之元打了個哆嗦。

「我、我是想之後再好好地向你說明。因為阿姨對這方面的事不熟，所以先由我處理前面的交涉……」

現在這裡的價格被炒到跟車站前差不多，要是錯過大公司看上這裡的機會，再也不會有這麼好的價錢了。

「只要把土地賣掉，阿姨就有錢想住在哪裡都可以。」

木之元重複著大概是幸也教他的說詞，但老太太用力地搖頭。

「自己一個人嗎？」

老太太的這句話令木之元啞口無言。

「那我問你，從以前到現在，你們可曾邀請我一起吃過晚飯？就連過年都沒理過我不是嗎？平常就算了，一個人過年也太寂寞了。」

幸也無言地注視著老太太與木之元的口舌之爭。

「我每年都打從心底期待跟大家一起在這裡喝夏露過年煮的湯。我絕對不會放棄這份期待。只要我還有一口氣，就絕對不會同意賣掉土地。」

老太太斬釘截鐵地說完，坐回沙發上，靜靜地開始吃消夜。

木之元還不死心地看著一旁的幸也，但幸也直到最後都不發一語。

「——你當時為何一句話也沒說？」

嘉姐為幸也倒了一杯新的薑茶，問道。

「你這種人應該能使出渾身解數，舌燦蓮花地說服老太太吧？」

幸也苦笑地將茶杯湊到嘴邊。

「因為木之元太笨了。既然是親戚，早該先對老婆婆使出懷柔政策才對。那傢伙枉為房東，居然連老婆婆還住在那棟公寓裡都不知道。等於是把所有的問題都原封不動地丟給房屋仲介嘛。」

幸也突然換成認真的表情。

「可是，到底是為什麼呢……」

幸也其實是有辦法的。

甚至可以威脅那個老太太——

這時，耳邊傳來抓撓玻璃的細微聲響。

虎斑貓正在玻璃門的外面看著這邊。天色已經完全暗了下來。

嘉姐打開玻璃門，虎斑貓一溜煙地鑽進來，瞥了沒見過的幸也一眼，不屑地把頭轉開。

「都是你害的，這孩子不吃貓糧了。」

「關我什麼事。」

「自從吃過你送的鰤魚，嘴巴就被養刁了，可是啊……」

嘉姐從吧台深處走進廚房，拿出用來熬高湯的小魚乾。

「如果是這個就肯吃。」

一放在地板上，虎斑貓立刻用小巧的下巴咀嚼小魚乾。

「大概是忘不了颱風天闖進這裡來的時候，第一次吃到的味道。」

虎斑貓咬碎小魚乾的細碎聲響迴盪在安靜的屋子裡。

幸也盯著吃小魚乾，把盤子碰得咔答咔答響的虎斑貓好一會兒。

嘉姐起身，打開音響，德貢甘美朗的舒緩旋律開始流洩在房間裡。

「……我來自大分的臼杵。」

幸也突然開口。

「臼杵？」

「嗯，我在面對臼杵灣的漁港長大。我爸很早就死了，所以我媽就在以漁夫為客層的店裡陪酒。老實說，不是很正常的家庭環境。」

幸也把杯子放在吧台上，瞇起雙眼看著遠方。

「我媽每天喝得醉醺醺，白天都在睡覺，我幾乎沒有被愛的記憶。晚上也毫不在乎地帶男人回家。」

枯枝敲打著窗簷。最近一入夜就會起風。

「我故鄉那一帶的鄉土料理叫做豆渣魚肉。」

「豆渣魚肉？……」

「就是把零碎的魚肉混在豆渣裡的意思。換句話說，是漁港的省錢料理。」

嘉如心裡一跳。

想起幸也邊嘆氣邊吃滷豆渣的身影。

「只有我就連遠足的便當也是滿滿的豆渣魚肉。魚肉很容易腐壞，所以一過中午就會變成很奇怪的味道。我到現在還記得為了不讓任何人看見，躲在便當蓋後面，硬生生地把飯塞進嘴裡的寂寥喔。我從小就打從心底痛恨貧窮。」

腦子裡掠過幸也穿著筆挺的西裝，開著ＢＭＷ風馳電掣的模樣。

「我打定主意，這輩子再也不想吃到豆渣魚肉。」

幸也輕聲嘆息。

「十五年……我離開漁港已經過了十五年。做夢也沒想到居然會在這種地方又吃到豆渣。」

幸也苦笑地輕敲吧台。

「十五年不曾回去過嗎？」

「因為那裡只有不堪回首的記憶。可是……」

幸也有些欲言又止。

「以前一起混的朋友告訴我說，我媽從好幾年前就病倒了。」

嘉姐不知該說什麼才好，幸也嗤之以鼻。

「本來就每天都喝得酩酊大醉，再加上年紀大了，連男人都懶得理他。」

即使是這樣也不來求助人在東京的幸也，恐怕是母親唯一能為兒子做的事。

嘉姐無法將瞬間浮現在腦海的想法整理成語言說出口。

「那個人妖大叔，廚藝很好對吧。」

幸也突然轉移話題。

臉上浮現出豁然開朗的表情。

「我明明想說誰要吃豆渣這種鬼東西，可是當我回過神來，已經渾然忘我地一口接一口了。事實上，我那天從早上就什麼都沒吃，早就餓得前胸貼後背。」

每吃一口，幸也就長嘆一聲。

「真是莫名其妙。」

幸也盯著腳邊的虎斑貓。

「用食物籠絡人心明明是我們常用的手段，居然用一道豆渣就讓我失去戰鬥力。

那個大叔該不是算準了這一點吧。」

「才不是。」

嘉姐不容置疑地反駁。

只要發現有人受傷、有人餓著肚子，夏露一定會提供美味的飯菜給他們吃。

「夏露就是這樣的人喔。」

虎斑貓吃完小魚乾，在空碗旁蜷縮成一團。

兩人默默相對，枯枝敲打窗櫺的聲音重疊在德貢甘美朗典雅的旋律上。

「……大叔不會有事吧？」

半晌之後，幸也小小聲地說。

「不知道。」

同樣的問題，嘉姐第一次說出自己的心裡話。

目前只有嘉姐和幸也知道夏露手術的成功率只有百分之五十。

「那個大叔有家人嗎？」

「聽說他母親已經過世了，被父親斷絕關係。」

像他們這種跨性別者，與家人的關係十分艱難。

更何況夏露原本好像是很能幹的精英分子。聽說他因病出櫃後，失去了很多東西。

正因為傷痕累累，夏露才提供這個容身之處。

嘉妲認為夏露藉由讓許多人在這裡休息，從而生出守護自己的力量。

『好期待啊！』

想起當他告訴夏露今年過年的那道湯將由自己負責時，浮現在夏露憔悴臉上的笑容，嘉妲不由得淚盈於睫。

「一定會沒事的。那個大叔曾經把你這個不良少年揍得鼻青臉腫不是嗎？」

「說得也是。」

「那麼可怕的大叔不可能輕易被病魔打倒。」

「說得也是。」

突然覺得好荒謬，嘉妲破涕為笑。

做夢也想不到，居然會有接受幸也安慰的一天。

「大叔回來以後，幫我轉告他。事隔十五年又吃到的豆渣非常美味。還有……」

幸也停頓了好久好久，喃喃低語：

「很令人懷念。」

幸也跳下鋼管椅，拿起波士頓包。

「你要回去？」

幸也不置可否地點點頭。

「雖然沒有人在等我。」

「一定會有的。」

至於是誰，嘉姐說不出口。

家庭裡的事，只有當事人才知道。

不過，孤零零地過年對任何人來說肯定都是一件很寂寞的事。

「……畢竟也供我讀到高中畢業了。」

幸也彷彿說給自己聽，正視嘉姐的臉。

「我雖然收手了，但是並不表示一切到此為止。」

只要大企業依然認為這一帶有價值，肯定會有新的仲介業者聞風而至。

「所以不要掉以輕心喔，死人妖。」

幸也正色地對嘉姐說。

穿著夾克的幸也是他截至目前最自然的姿態，看起來就像是隨處可見的普通三十歲男人。

「我才不是人妖。」

嘉姐搔首姿地雙手環抱在胸前。

「我是品格高尚的變裝皇后。」

模仿夏露的口頭禪，感覺夏露的聲音與自己重疊。

「還真敢講啊。」

幸也微微一笑。

「那我走了。」

簡短的道別後，幸也轉身。

「新年快樂。」

嘉妲朝他的背影說道，但幸也頭也不回地離去。

幸也離開後，嘉妲與虎斑貓獨自在偌大的房間裡。

將幸也帶來的昆布泡水，加到甕裡，最後再放上荷葉。這是為了蒸好的時候不讓香味跑掉的工夫。

然後緊緊地蓋上陶蓋，放進蒸籠裡。

這是最後一道手續。

把充滿所有人心意的湯用文火蒸上一整晚。

嘉妲猛然想起今年過年，夏露把這碗湯放在吧台上的事。

從蓋子的縫隙滴入少量的紹興酒，等徹底蒸好後再掀開荷葉，乾貨、海鮮與會發出香味的蔬菜和中藥的精華充分融合，筆墨難以形容的美妙香味充滿了整個房間。

把湯和料分開，先喝口湯。

所有的美味都濃縮在湯頭裡，呈現清澈的琥珀色。

含進嘴裡的瞬間，濃郁的香氣撲鼻而來，太過於美味，令人感到飄飄欲仙。

長時間熬煮的營養都溶解在湯頭裡，滲透到身體的每一個角落。

簡直是一碗黃金般珍貴的湯。

沒有任何東西能代替大家喝到這碗湯所感受到的新年喜悅。

嘉姐祈求過完年，夏露的手術能成功，平安無事地回來，為蒸籠開火。

這時，嘉姐察覺到吊櫃的門沒有完全關緊，伸手想要關上，摸到一本筆記本。

不以為意地拿起來一看，眼睛瞪得好大。

暖身、促進血液循環——稗子、高粱、蕎麥。

補鐵、預防貧血——小米、麥片、莧菜。

皮膚粗糙、水腫、青春痘——薏仁、玉米鬚、藜麥。

夏露以秀麗的字跡密密麻麻地寫滿了琳琅滿目的症狀與能減輕這些症狀的穀物。

改善手腳冰冷的食譜、緩和胃痛的食譜、預防火燒心的食譜、降低膽固醇的食譜……

緊接在使用了各式各樣的蔬菜及穀物的食譜，最後是把女紅及常客們的體質分成燥熱體質與虛寒體質，編成檔案。

嘉姐是燥熱體質，眼睛容易疲勞，要多攝取一點帶皮的薏仁、小米、紅蘿蔔或南瓜的胡蘿蔔素。

克莉絲姐是虛寒體質，肩膀容易痠痛，要多吃一點稗子、高粱、艾草、松子或羊栖菜——

不知不覺間，字跡搖晃起來，難以辨識。

一定——

夏露一定會回來。

無論留下什麼樣的後遺症都不要緊。

只要大姊能回來，我願意花一輩子的時間討他開心。

因為包括我在內，大姊真的讓很多人都很開心。

大姊一定一定會回來。

因為我從一週前就開始準備，塞滿所有人的心意，蓋上荷葉，蒸上一整晚才熬好的這甕湯真正的名字是——

佛跳牆。

客家人從清朝推廣到海外，福建省福州的傳統料理。

意指因為實在太好喝了，就連八風吹不動的佛像也會跳過牆來吃的湯。

夏露肯定也能輕巧地跳過疾病這堵牆，回到這裡來。

胸口湧起一股熱浪，意識過來的時候，淚水已經止不住了。

嘉妲在空無一人的廚房裡放聲大哭。

考慮到最糟糕的狀況，害怕得不得了。

冷不防，腳邊被一團溫暖的東西包圍。

曾幾何時來到腳邊的虎斑貓正以光滑柔軟的身體磨蹭著他。

嘉妲蹲下來，將虎斑貓擁入懷中。

不要緊的——

內心深處彷彿響起夏露的聲音。

嘉妲擦乾眼淚站起來，再度拿起筆記本。

過去都由夏露一肩挑起廚房的工作，有了這本筆記本，自己也可以嘗試從頭學習做菜或奠基於長壽飲食的營養學。

如果禮服和首飾等的裝飾可以激發他的玩心，充滿了營養和愛情的美味料理則能呵護他的心。

這兩樣東西是夏露，也是他們安身立命的地方。

為了等到主人回來時可以換自己休息，這個安身立命的地方就先由自己來守護。

不一會兒，從蒸籠裡散發出筆墨難以形容的美妙香味開始充滿整個廚房。

遠處依稀傳來除夕夜的鐘聲。

在等著那個人回來的同時，Makan Malam的一年也落幕了。

新年必定能跨過暗夜，朝這裡走來。